笛韵

吴清品◎著

应急管理出版社
·北京·

图书在版编目（CIP）数据

笛韵/吴清品著. --北京：应急管理出版社，2024
ISBN 978-7-5237-0147-8

Ⅰ.①笛…　Ⅱ.①吴…　Ⅲ.①诗集—中国—当代
Ⅳ.①I227

中国国家版本馆CIP数据核字(2023)第245515号

笛韵

著　　者　吴清品
责任编辑　陈棣芳
封面设计　青年作家网

出版发行　应急管理出版社（北京市朝阳区芍药居35号　100029）
电　　话　010-84657898（总编室）　010-84657880（读者服务部）
网　　址　www.cciph.com.cn
印　　刷　三河市嵩川印刷有限公司
经　　销　全国新华书店

开　　本　710mm×1000mm 1/16　**印张**　19　**字数**　240千字
版　　次　2024年7月第1版　2024年7月第1次印刷
社内编号　20230926　　**定价**　68.00元

自序

生活的点滴深深触动了我，让我沉醉于诗歌的世界。我的第一首诗诞生于乡下，那里有一个名叫“文武”的孩子，早年失去双亲，与叔叔一家相依为命。当时他才六七岁，却已能熟练地赶着三四头牛上山放牧，傍晚还要砍一大捆柴回家。有一天，我起得很早，天刚蒙蒙亮，准备去山上砍柴并捉苞谷地里的害虫“土蚕子”。我自以为起得最早，没想到在山坡的路口就听到了前方吆喝牛的声音，走近一看，竟是一群放牛的孩子，其中就有我熟识的“文武”。我不禁赞叹道：“文武，你们好早啊！”他却回道：“伙计，我是被我们的爷爷吆牛声吵醒的。”这番话顿时引发了我的诗兴，于是就写了一首《早》诗，得到了大家好评。

随后，我常在劳作之余写诗丰富生活，尤其是改革开放之后，我积极加入市诗词学会，不仅积极向前辈学习，也主动翻阅各类诗词书籍，更是对妻子早年购买的王力的《诗词格律》爱不释手，随着时间的推移，在格律诗方面的知识也进一步丰富。1994 年，我第一次在《毕节日报》上发表了两首古体诗，即《春游抒怀》与《菊恋》，深受众人喜爱。从此，我更加有了自信，对古诗词文化愈发热爱。

我乡下生活长达十三年，做过木工、锻工，当过煤矿工，经历过破产失业，曾到沿海打工，回乡后摆地摊、栽花卖花，在坎坷的生活中顽强抗争，历经苦难的磨炼，多次与死神擦肩而过。正因为有如此丰富的生活经历，我渴望抒发自己对现实生活的感悟，情动于中而形于言，在经过多年的创作，并对所写作品进行精选之后，便有了这本诗集。

吴清品

2024 年 4 月 21 日

目录

第二辑　打工情韵

第三辑　古城寄兴

第四辑　同学情怀

第五辑　感物抒怀

唐寅
攜琴載酒過橋圖
龍年孟春吳浩仁
品浩

咏白玉蘭

第一辑

咏物寄兴

菊恋

羞窥域外百花开，暗自含苞情隐怀。
日丽秋风徐拂至，弯眉描凤展裙钗。

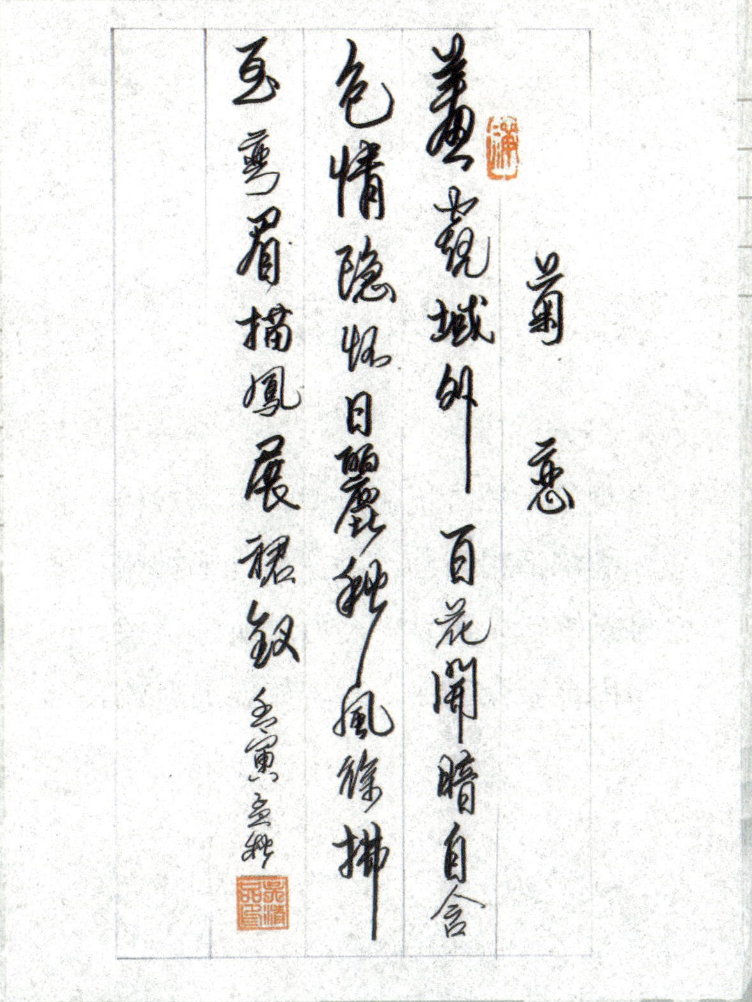
菊意
百花開暗自含
色情隱似日麗秋風徐拂
眉描鳳展裙紋

咏 笛

直身色紫独吭优，有幸行家演戏楼。
怀满浓情精技艺，凌空高亢畅神州。
悠扬婉转余音袅，美妙动听惊世留。
筒内金声豪放尽，真容始露显风流。

咏笛

直身色紫独吭優有幸竹家
演戏楼恨满浓情精技艺凌空
高亢畅神州悠扬婉转乐音
象美妙動听惊世笛筒内金声
豪放真家始露显风流

壬寅年孟秋 吴清品书

野菊花

生处从来冻地哀，未挠际遇几冰怀。
金颜修就千万朵，笑对路人一样开。

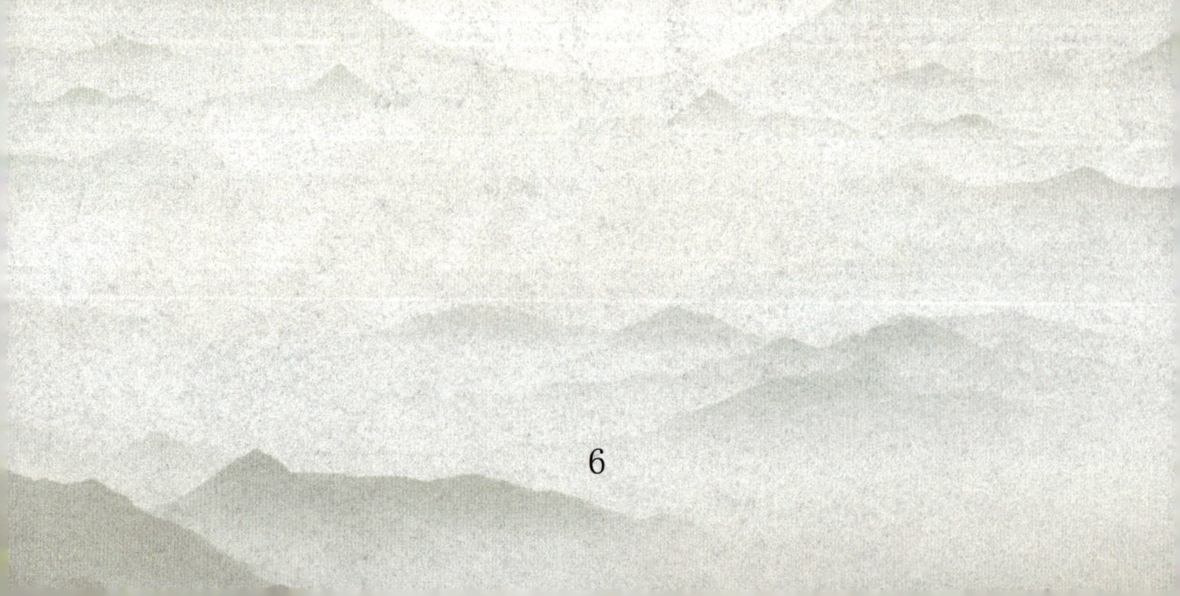

野菊花

生處縱棄凍地哀來挽陰遇凡冰
將金顏修就千萬朵笑對
路人一樣開

壬寅仲夏清品書

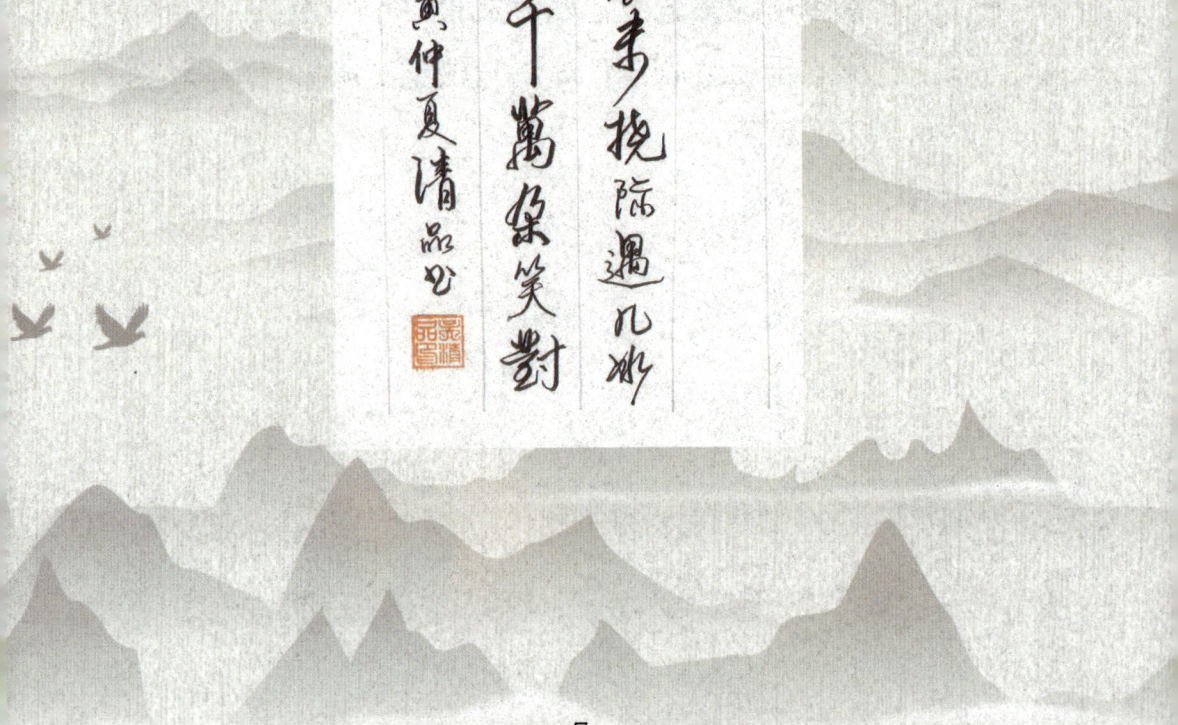

咏 竹

繁根串地郁葱葱，嫩笋成材穿宇空。
凛立千秋终有节，冰清玉洁圣贤胸。

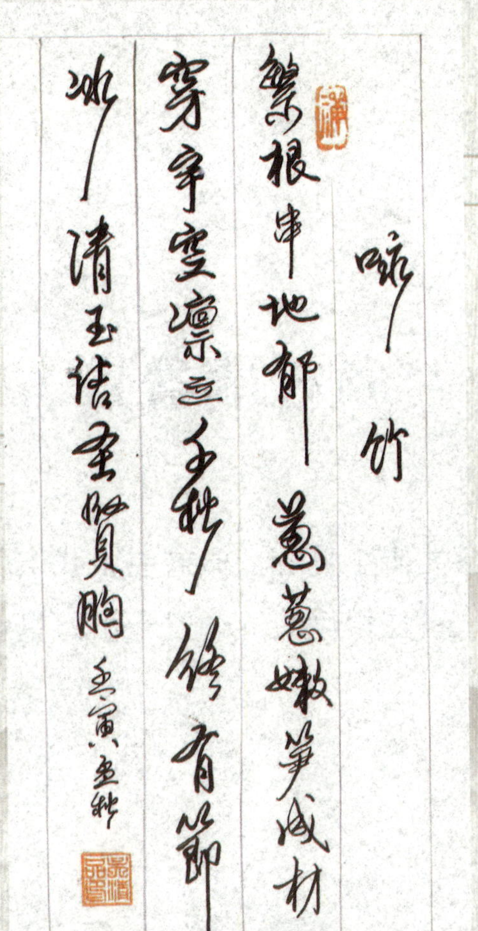
咏竹
盘根串地郁 葱葱嫩笋成材
穿宇空凛立千秋 修有節
冰清玉洁虚怀胸
壬寅孟秋

赏杜鹃盆景

境窄尤生小见容，微盆岂限我宏胸。
平生喜住巍峨岭，劲发千山万里红。

賞杜鵑盆景

微盆豈限

境窄尤生小見寬

我宏胸平生喜任巍峩嶺勁

發千山萬里紅

壬寅仲夏清品

咏灵峰寺白玉兰

贫落黄土间，六百岁繁艰。
万般作人志，逆历香玉兰。

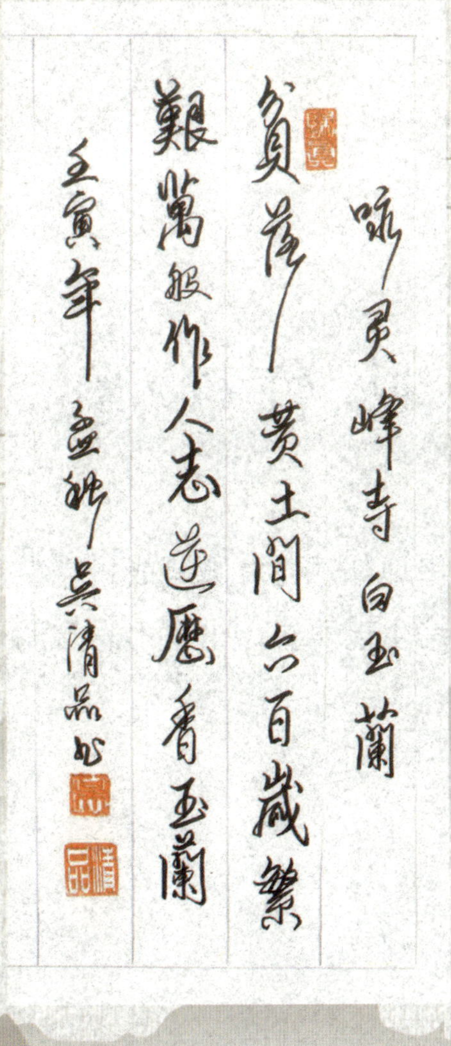
咏灵峰寺白玉兰
貧瘠黄土间六百岁繁
艱萬般作人志逆歷香玉蘭
壬寅年孟秋吴清品书

咏 竹（第二首）

繁根串地郁葱葱，嫩笋成材穿宇空。
频向培生躬吾首，丰姿不忘土泥衷。

咏竹

繁根串地鬱蔥蔥，嫩筍成材穿宇雲。
頻向培生躬吾首，豐姿不忘土泥衷。

壬寅年孟秋 清品書

咏 雪

洋洋洒洒漫天途，体面柔身银白姑。
总爱平生粉饰世，向来掩盖秽和污。

咏雪

洋洋洒洒漫天遥
修西柔身
银白姑息裹平生
粉饰何来掩盖
秽和污

壬寅孟魏清品书

咏沂州海棠[①]

做梁我是蠢之材，本性从来只卉开。
崇仰春风来送暖，也旁惠众美开怀。

①沂州海棠是沂蒙地区特有的花卉，为多年生落叶灌木，花簇生，每簇 3～5 朵，单瓣或复瓣，单瓣花 5 片，复瓣花 15 片以上。花色有红、白、粉、深红、艳阳红等，花期 4 月初至 4 月末。

咏沂州海棠

做梁我是蠹之材本性从来只奇

闹棠御春风来送暖也三旁惠众

美开怀 壬寅年 孟桃清品书

咏香瑞花①

高树从无登雅枝，也无绿伴醉人嘘。
酷寒润就温馨趣，魅力唯崇梅艳痴。

①香瑞花开在冬季，灌木矮小丛生，没有明显主干。

咏香瑞花

高樹从無登雅枝也无緣伴

醉人噓酷寒潤就溫馨趣

魅力唯崇梅艷痴

壬寅 秦穗

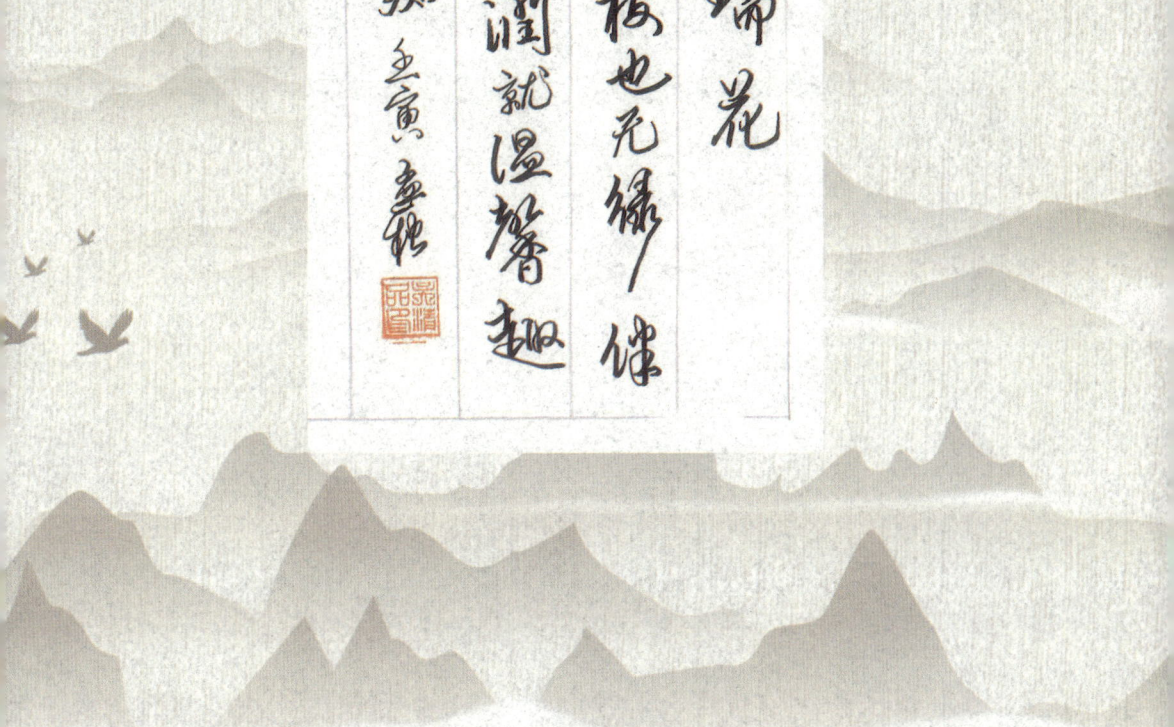

咏草

几避银锄斩去根，石旮怀润叶蓁蓁。
地摊人户轻青草，夹缝里边求命存。

咏草

幾遍銀鋤斬去根
石沿濕潤葉蓁蓁
蓁地攤人戶輕青草
夾縫裏邊求命存

壬寅年 秉[illegible]書

咏 竹（第三首）

顶冰沐雪度年年，封闭柔情滞节间。
通韵律君雕饰我，箫音幻化喜人颜。

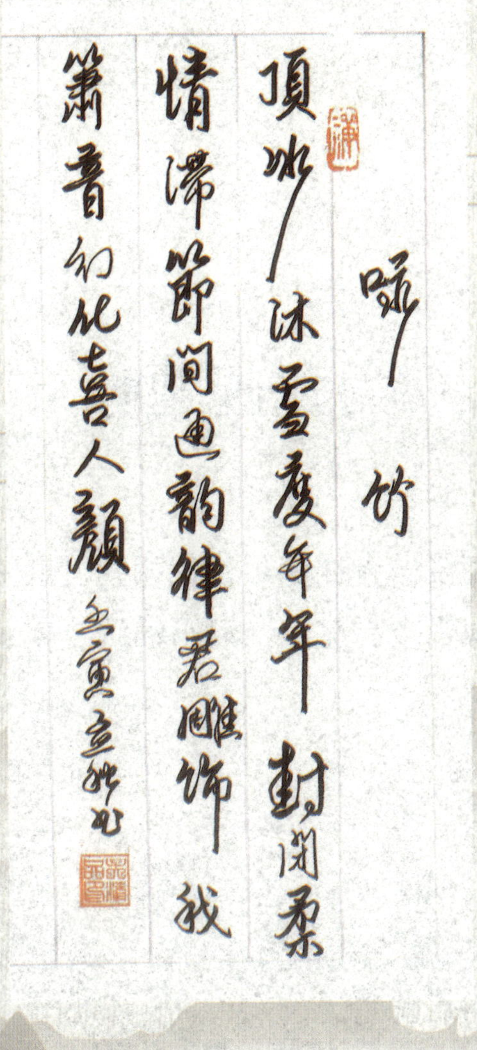
咏竹
頂冰沐雪度年年
封閑柔情滞節間
通韵律君雕飾我
簫音幻化喜人顏
壬寅立秋

为龙画题咏

千年爱做吉祥梦，代代朝朝世世空。
终现当今昌盛景，河山锦绣万家龙。

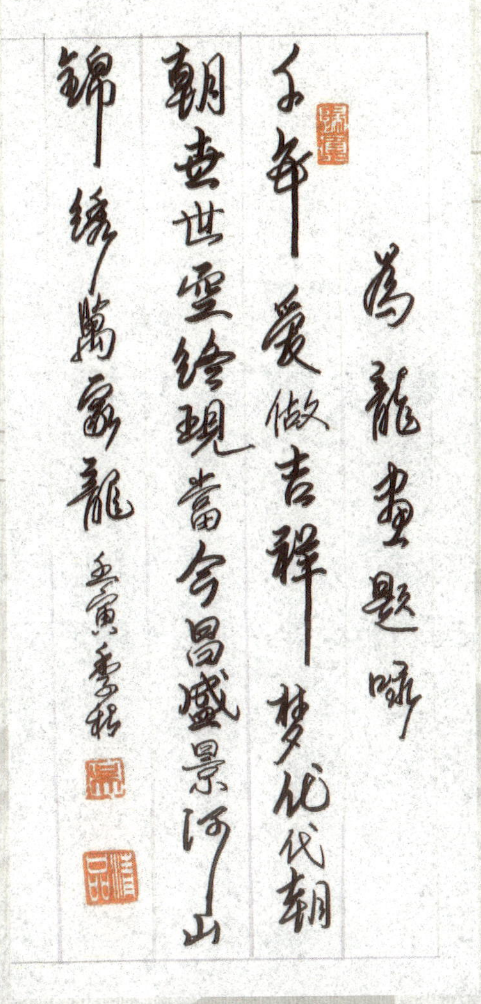
為龍畫題詠
千年愛做吉祥夢代代朝
朝畫世聖繪現當今昌盛景河山
錦繡騰家龍
壬寅季秋

吟灵峰寺古杉[①]

雷电冰残千万重，艰辛郁积腹腔中。
世兴重抖沧桑骨，挺拔开颜笑碧空。

①千年古杉树干被雷电烧空，仍葱葱郁郁。

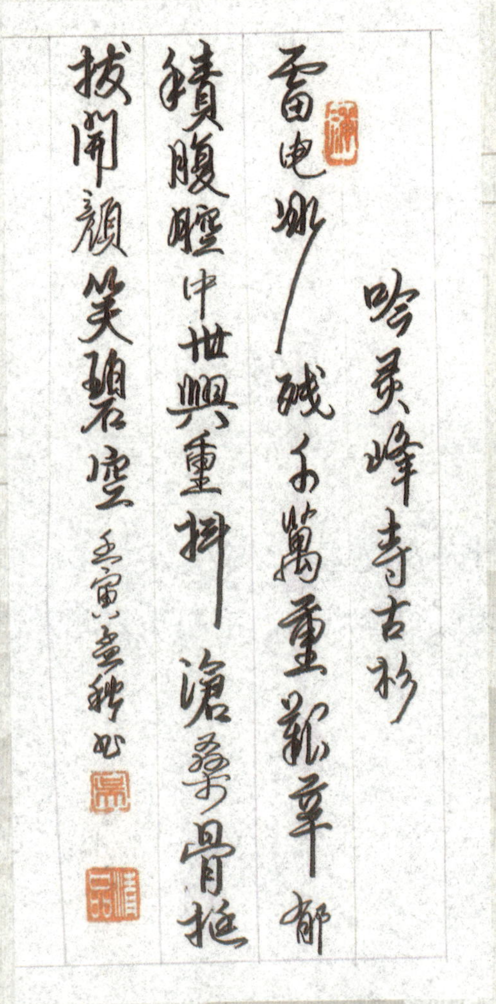
吟灵峰寺古杉
雷电劈残千萬重
虬章都積腹腔中
世興重抖滄桑骨
挺拔開顏笑碧空
壬寅

咏雏菊[1]

绿叶丛丛漫钵沿，伞儿朵朵缀心间。
皆因解得春风意，艳丽赢来厚爱钱。

①雏菊盛开在春天。

咏雛菊

綠葉叢叢漫鋪沿年見

朵朵綴心間皆因納得春風意

豔麗流來厚愛錢

壬寅仲夏

白玉兰

春装迟意发，俏丽独立杈。
不缀葱茏叶，频频开盛花。

白玉蘭

春裳遲意發倩麗獨立枝不綴蔥蘢叶頻頻開盛花

壬寅年孟秋清品書

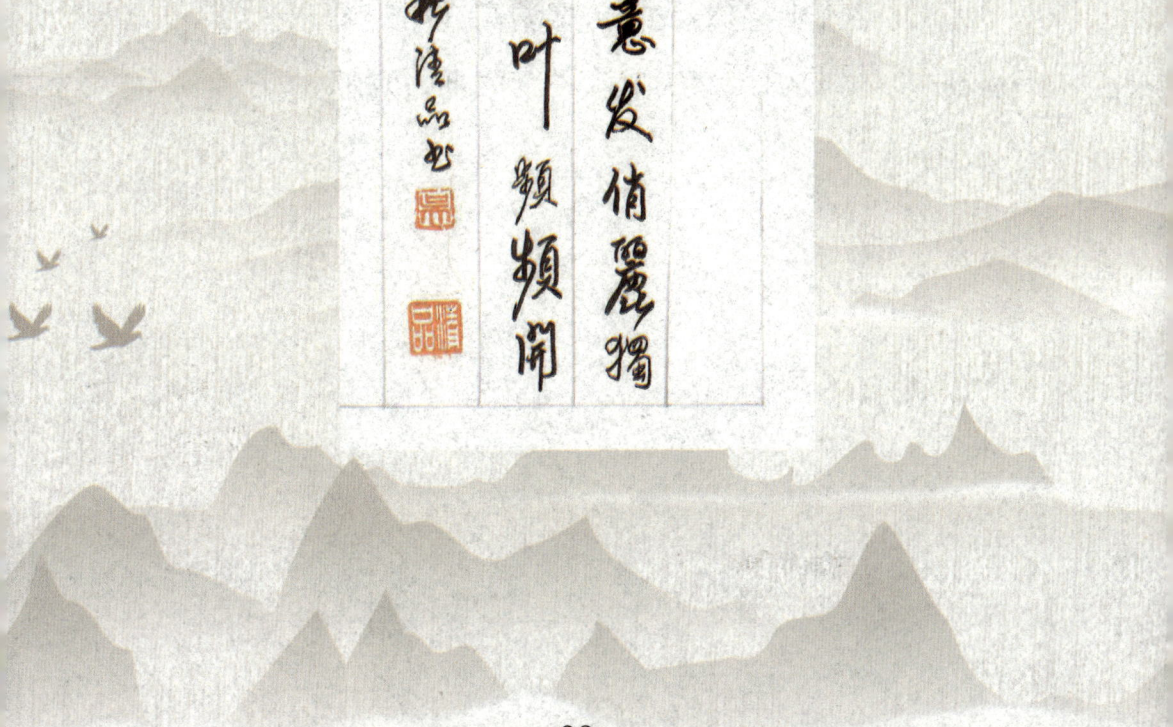

画眉赋

声脆晴空动我神，费猜高亢啥鸣勤。
绿荫国里安生赋，献与芳曲万众欣。

畫眉賦

聲聲脆晴雲動我神神貴精高
亢吟鳴勤緣蔭國里安生賦獻
与芳曲華華眾欣

壬寅仲秋清品

清品

第二辑

打工情韵

祥农码头修船

祥农渔港焊船痴，风簸涛颠心悸遗。
流汗唯钱又流泪，焊疤点点寄乡思。

祥農碼頭修船

祥農漁港焊船痴風簸濤

顛心修遺流汗唯錢又流淚焊疤點

點寄鄉思

壬寅孟秋清品書

石狮市辞工时日①

老力精疲时日匆，求知欲没工苦中。
辞工闲待趋书店，痴博贤书慧窄胸。

① 1999 年作于闽南石狮。

石狮市辞工时日

老力精疲时日匆我知欲没

工普中辞工闲待趋书店痴博

贤书慧灵胸 壬寅秀锐书

深沪漂染厂雨后听鸟鸣[1]

夏雨绵绵忽露晴，鸟晨啼断恋乡情。
开窗俯瞰悦声处，细琢山鸦巢唱宁。

①作于福建省晋江市深沪镇海边。

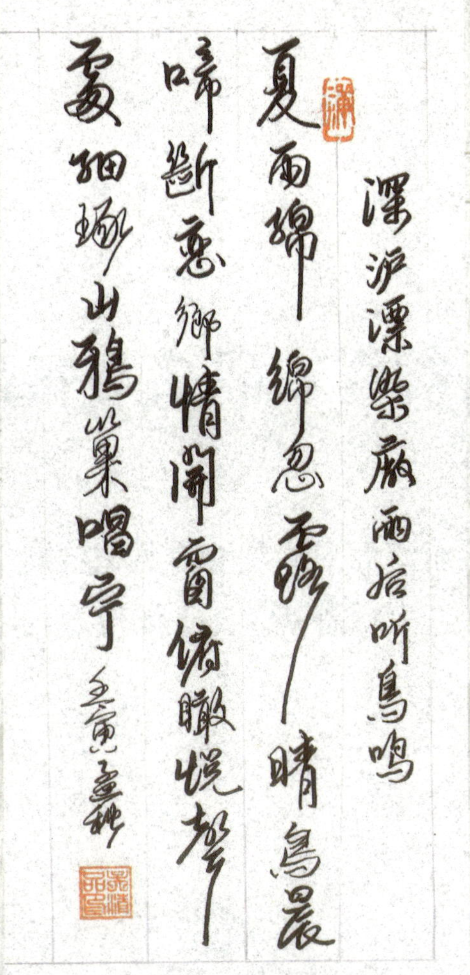
深沪漂紫薇雨后听鸟鸣
夏雨绵绵忽霁晴鸟晨
啼断恋乡情闲窗倚瞰悦声
處细聆山鸦巢唱亭

石狮祥农码头观日出

连天东海静温顺，浩水蓝蓝波熨平。
卷入台风掀恶浪，淹人船没肆凶呈。

石獅祥农碼頭觀日出

連天東海靜 溫順浩水藍

藍波熨平 卷入台風掀惡浪淹

人船沒肆凶呈

壬寅孟秋書

瞻福建围头炮阵①

战罢碉群四十荒，峥嵘岁月写豪章。
连珠炮啸惩民贼，弹发硝烟留世芳。

① 1999 年闽南打工时作。

瞻福建圍頭炮陣

戰壘碉群四十荒

崢嶸歲月寫豪章

連珠炮嘯怨民賊

彈發硝烟留世芳

壬寅 [illegible] 書

晋江深沪漂染厂夜吟[①]

坎坷蹉跎五十今，打工悲泪闽南临。
番番思绪落东海，化作波涛万顷心。

①时年五十三岁的我，由于厂垮失业，只好到沿海打工养家糊口。本诗写于1999年。

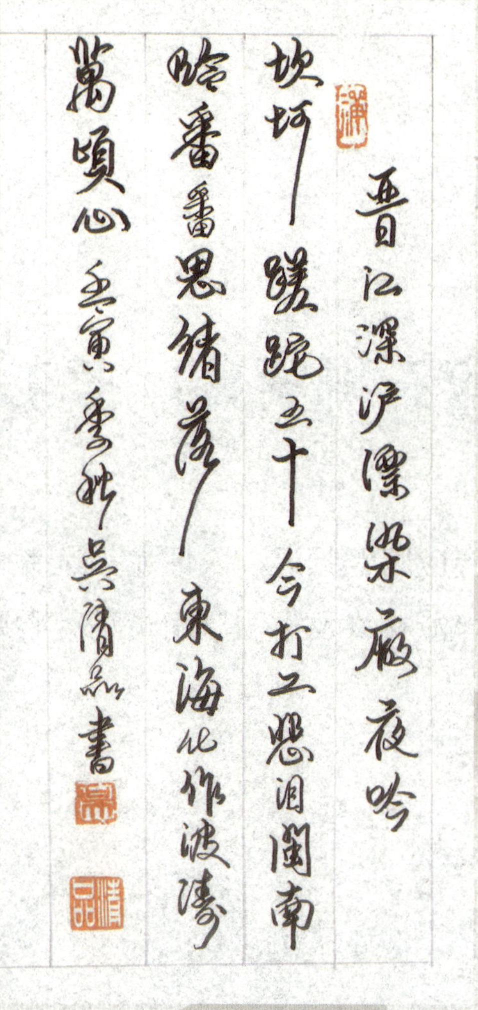
晋江深沪漂染厂夜吟
坎坷蹉跎五十今
打工思泪闽南吟
番番思绪落东海
化作波涛万顷心
壬寅季秋吴清品書

应石狮紫鑫厂考工[1]

穷奔应聘复频返，入厂尤须过考官。
抖焊薄材终及第，车间员满凌心寒。

①1999年作于闽南。

應石獅紫鑫嚴考工

霸舟應聘夏頻返入廠尤須

過考官掬悍薄材聘及第車間

員滿凌心寶

壬寅魯秋

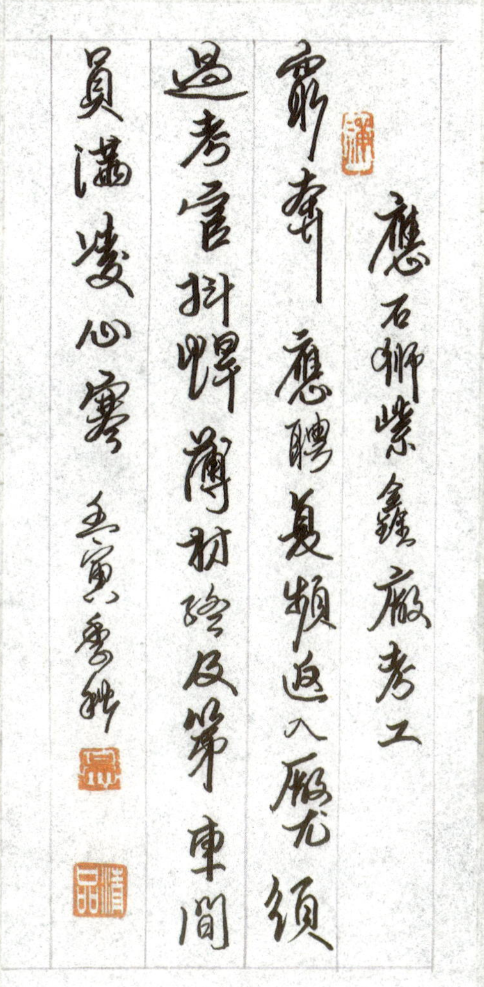

临明项圣谟
山水图

第三辑

古城寄兴

瞻临海古城抒怀

频瞻城府仰江空，思绪抗倭冲杀中。
问君何以旅临海，民族魂牵觅史踪。

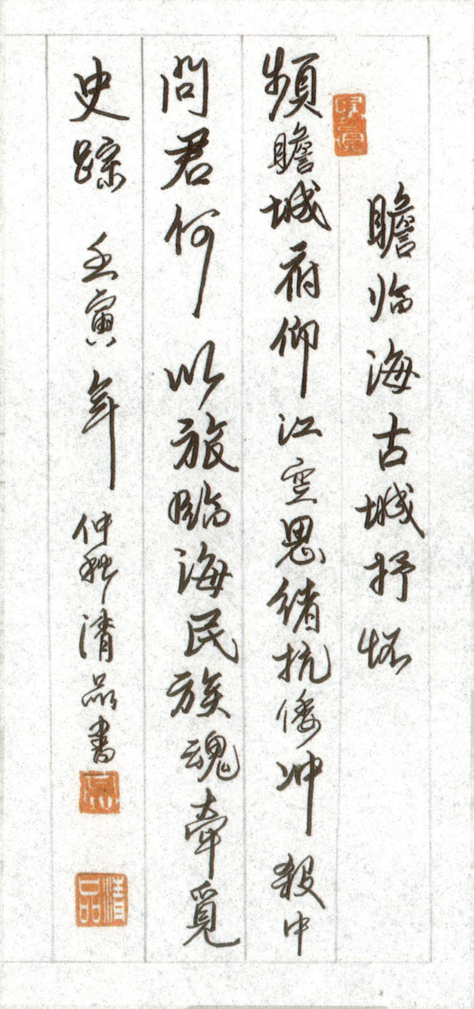
瞻临海古城抒怀
频瞻城府仰江空思绪抗倭冲毂中
问君何以旅临海民族魂牵觅
史踪 壬寅年
仲秋清品书

瞻桃渚古城悼戚继光[①]

桃渚感慨悼英雄，为保河山血战穷。
常忆诸多屈辱史，训儿犹记护国功。

①桃渚古城，是中国历史名城、全国重点文物保护单位，有许多历史文化古迹，是明朝抗倭的重要海防前哨。

瞻桃渚古城悼戚继光

桃渚感慨悼英雄，为保河山血战霸。当憶諸多屈辱史，訓兒犹記護國功。

壬寅孟秋 清泉

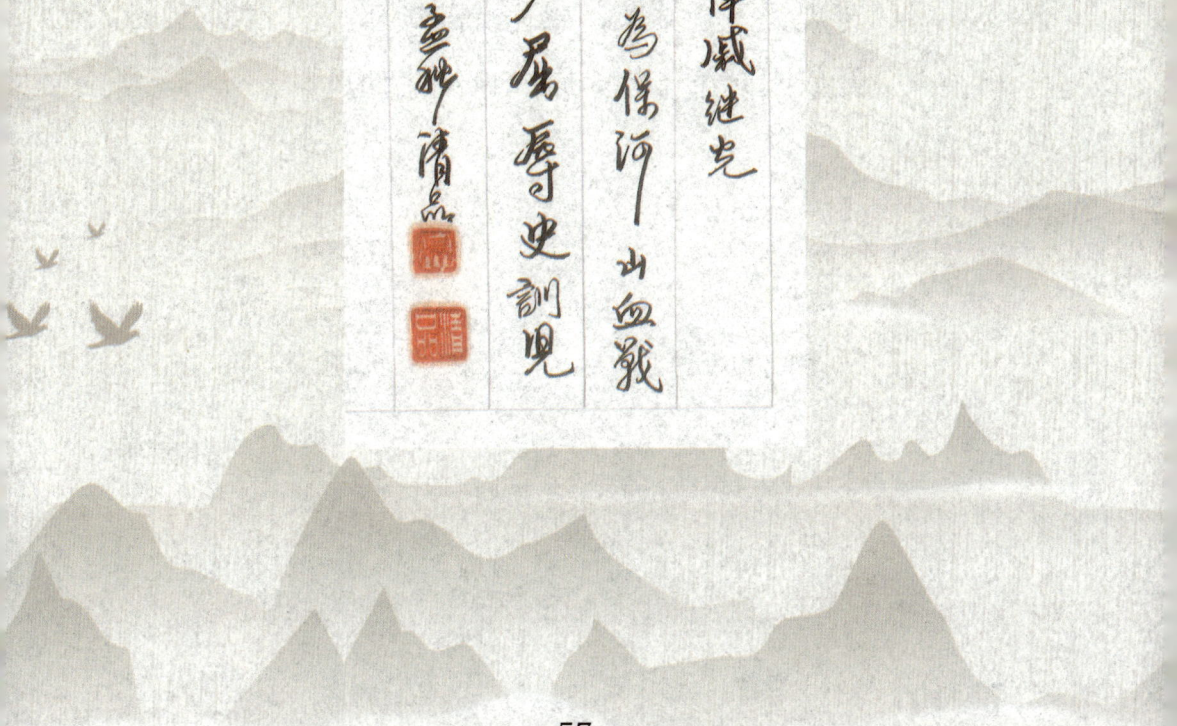

临海第一缕阳光有感

奇观天下遍繁荣，感化豪辞颂邓公。
开放阳光第一缕，曙光世纪化仙风。

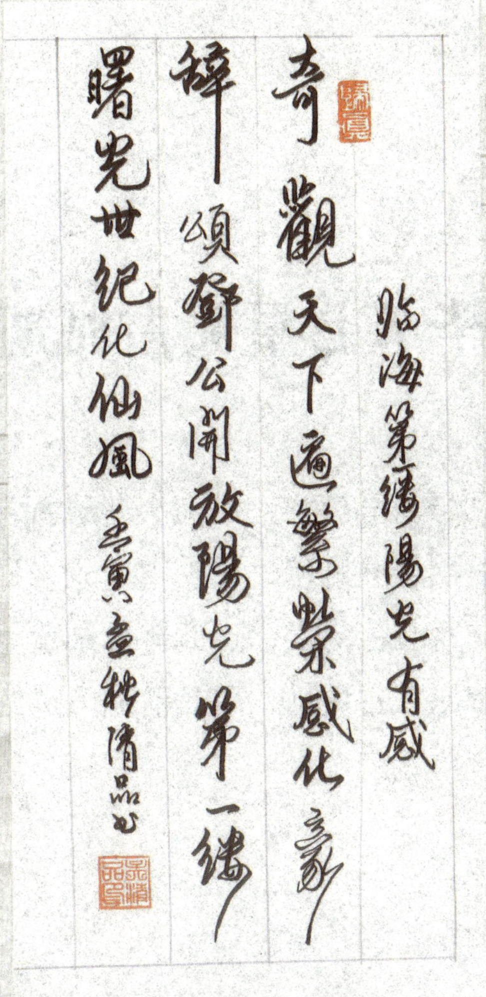
临海第缕陽光有感
奇觀天下遍繁榮感化豪
韻頌鄧公開放陽光第一縷
曙光世紀化仙風
壬寅孟秋清品书

寻毕节七星关古城遗址

一到平川喜气洋，沿街小巷展新堂。
家家门美联鲜艳，户户窗欣景吉祥。
亮丽奇装伴男女，斑斓靴鞋饰童娘。
繁荣原在古城址，取代前朝旧迹荒。

尋畢節七星關古城遺址

到平川喜氣洋 沿街小巷展新
堂家家門美聯鮮艷户户窗欣景吉
祥 亮麗壽裝佳男女斑斕靴鞋
飾靚娘繁榮原在古城址取代前
朝舊迹荒

壬寅仲夏吴清品書

毕节七星关摩崖石刻
汉诸葛武侯祭七星处

摩崖石刻传千载，从古扬今久不衰。
雅士番番寻迹顾，文人个个觅踪怀。
驱车旅景勤瞻字，录像增辉宣讲台。
岩记皆因铭相史，荒山深处变名牌。

畢節七星關

摩崖石刻汉諸葛武侯祭七星處
摩崖石刻傳千載以古楊今久不衰
雅士番蕃尋遊頤文人個个覓踪懷
驅車旅景勤瞻字彩像增輝
宣講台岩記皆因銘相史荒山深處
更名牌

壬寅年 孟秋 清品

毕节七星关感怀

曲道登山访古城，坡前忽见万人茔。
生遭杀戮尸横野，死令哀矜礼葬灵。
营建桥工怜骨露，刻雕碑石祭魂呈。
悠悠史话警人世，更颂卑微积善情。

畢節七星關感懷

曲道登山訪古城，坡前忽見萬人塋。生遭殺戮尸橫野，死令哀矜禮葬靈。營建橋工憐骨露，刻雕碑石祭魂，是悠悠史話警人世，更須卑微積善情。

壬寅仲冬吳隆品書

毕节七星关家抒怀

含泪抛家越万山，戍边战没鬼门关。
千年骨化已成土，壮烈坟碑世世参。

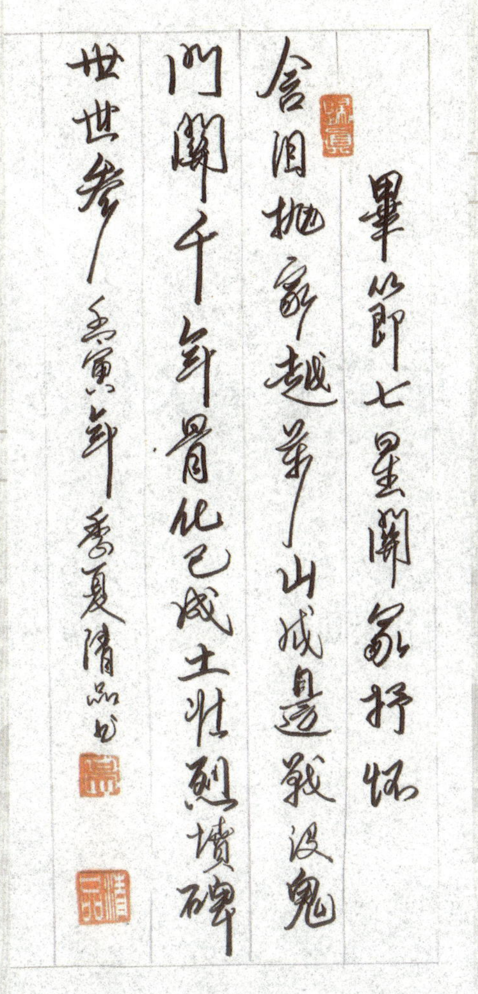
畢節七星關感抒懷
含淚拋家越萬山戍邊戰役鬼
門關千年骨化已成土壯烈墳碑
世世參
壬寅年季夏清品書

毕节七星关怀古

远望关山阵阵苍，幽思千古万民伤。
如今重树敬民志，处处常人见小康。

畢節七星關懷古

遠望關山陳陈蒼幽思千古華

民傷如今重樹敬民志处處皆人見

小康　壬寅年　季夏吳清品書

毕节七星关新大桥

两山绝壁贯长虹，声啸飞车无影踪。
趣看河流断桥迹，雄姿更令世人崇。

畢節七星關新大橋

兩山絕壁貫長虹聲嘯飛車無影蹤趣看河流斷橋邊雄姿更令世人崇

壬寅孟秋陳然書

赏七星关坊碑

古城遗址觅芳愁，巧遇途中碑段留。
上镂龙颜翘七首，连雕曲体绕一周。
稀奇创意和星系，精湛功夫难世求。
只叹原坊愚致毁，幸存碑角醒君眸。

賞七星關坊碑

古城遺址覓芳蹤巧遇途中碑段

留上鐫龍顏魁七首連雕曲體繞一

周歸奇劃意和星系精湛功夫

難世求只嘆原坊毀致幸存牌

角醒君眸

壬寅孟秋吳清品書

毕节七星关抒怀

千载关山千载容，万般经历史重重。
孔明北祭情衷帝[1]，友德南征益从龙。
元将挥戈奉皇欲，清兵流血为君终。
王功数尽善民事，唯有今朝富户同。

①据传，孔明南征时，曾在此祭拜北斗七星。

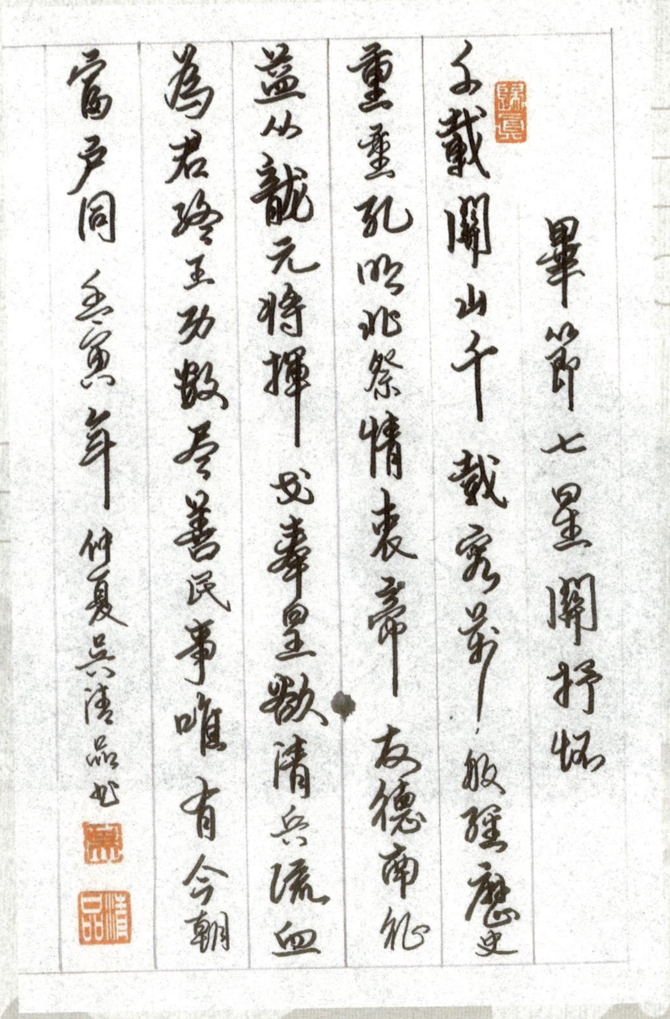
畢節七星關抒懷
千載關山千載家，幾經歷史
重重。孔明北祭情衷帝，友德南征
益從龍。元將揮戈奉皇歎，清兵流血
為君路。王功數盡善民事，唯有今朝
富戶同
壬寅年 仲夏 吳清品書

菊花
临明郭诩菊图

第四辑

同学情怀

喜相聚

五湖相聚喜逢春，画艺交流情意真。
收获金秋结硕果，依依惜别忆诸君。

喜相聚

五湖相聚喜逢春，画艺交流
情意真。收获金秋结硕果，
依依惜别忆诸君。

壬寅仲秋书

书画课有感

台前主讲是名师，课后终身习画资。
助教分析笔记辅，精传实艺惠我知。

書畫課有感

台前主講是名師
課後終身習畫資
助教分析筆記輔
精傳寶笈惠我知

壬寅年 逸雲清品書

天庭无影美院

百岭春花烂漫生，求知相聚在天庭。
真传实教云空现，热乐师生浮画屏。

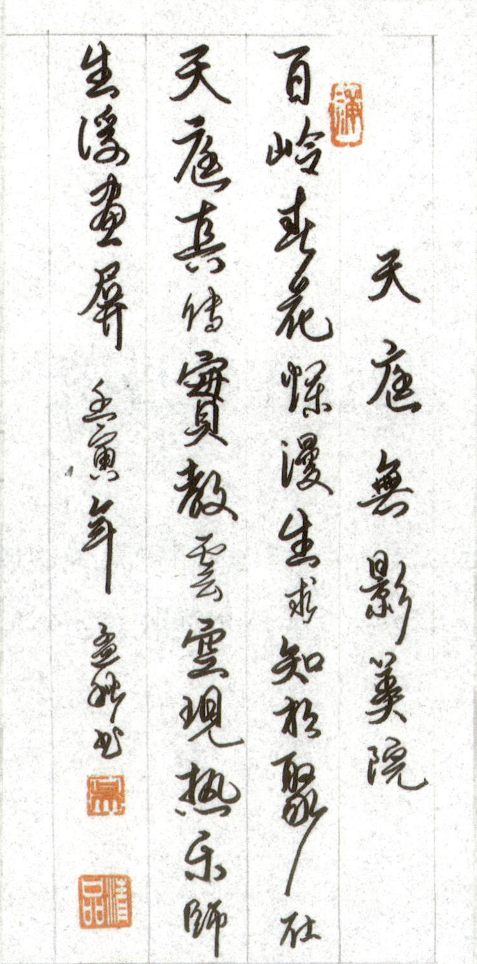
天庭無影美院
百岭来花烁漫生求知於聚在
天庭真傳寶教藝雲現熱樂師
生溪畫屏

赞孔雀牡丹图

吉祥富贵画君佳，艳丽神情惊眼呀。
兴趣浓生精绘手，金秋收获富年华。

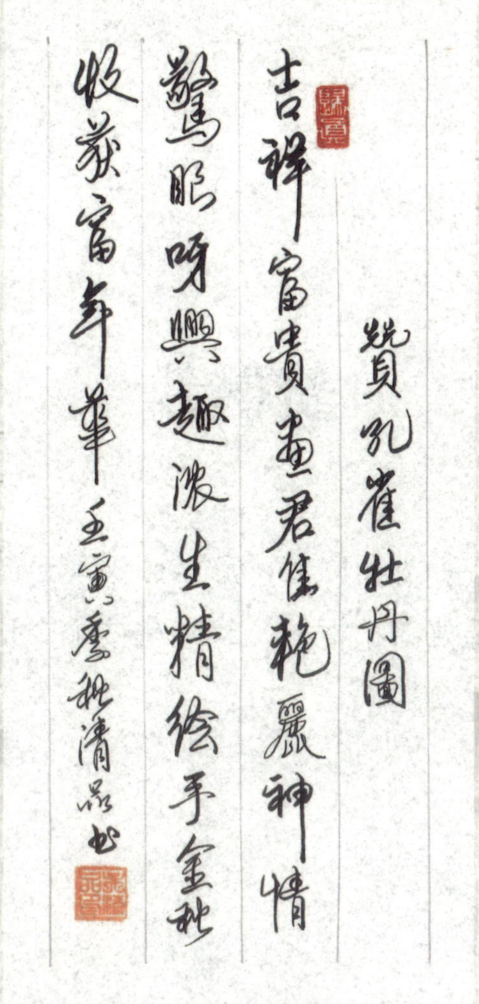
贊孔雀牡丹圖
吉祥富貴畫君集艷麗神情
鸞鳥服呀興趣濃生精繪手金秋
收獲富年華
壬寅季秋清書也

赞群芳

画院师馨慰晚霞，欣结硕果现奇葩。
凤凰好落梧桐树，喜唱登枝个个佳。

赞群芳

畫院師聲魅晚霞欣结碩果現春花鳳凰好發梧桐樹喜唱登枝个個佳

壬寅季秋品书

观同学画作有感

婵媛画艺喜逢春，一润春风柳色新。
东仿唐寅西效冕，水山国里尽朝晖。

觀同學畫作有感

嬋暖畫苑喜逢春
一潤春風柳色新
東仿唐寅西效晁
山國墨卷朝暉

壬寅季秋清品书

书呈恩师

网中意外遇师耕，启蒙山水画中行。
除却愚胸心万苦，金声传艺献兰馨。

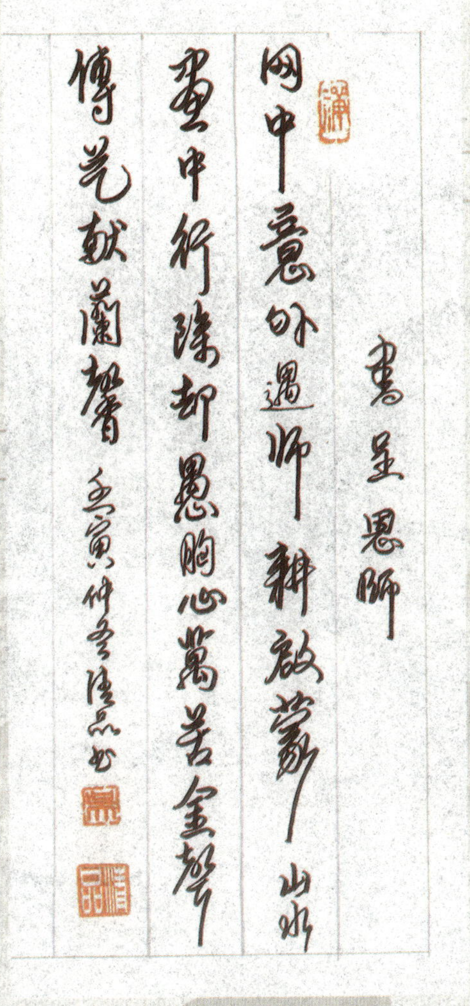
書呈恩師
网中意外遇師耕啟蒙山水
畫中行蹤卻恩胸心萬若金聲
傳藝獻蘭馨
壬寅仲冬清点书

第五辑

感物抒怀

广玉兰叶丛寻花有感[1]

君名久慕长，幸运睹容光。
繁茂枝枝挤，葱茏叶叶昂。
满观无玉貌，遍视有浓妆。
忽见身遮蔽，姣颜深隐藏。

①窗外，有一株碗口粗的广玉兰树，叶大而深绿，正值开花季节却不见花。没想到美女用手扒树叶，在叶丛中摘出一朵又一朵洁白的广玉兰花。有感即得此诗。

廣玉蘭叶公尋花有感

君名久慕長年云睹容光繁茂枝枝挺蔥蘢叶葉昂滿觀無玉貌遍視有濃妙忽見身邊蔽媛顏深隱藏

壬寅立秋 吳清品書

慎独

普天攘攘争利名，最惧虚荣蚀己灵。
崇尚德高非易事，言行要在苦中呈。

慎独

普天攘攘争利名，最惧虚荣蚀已灵。崇尚德高非易事，言行要在苦中呈。

壬寅仲秋 吴清品书

贺《鸡鸣诗苑》创刊二十周年

鸡鸣献韵廿年馨，取义皆无附势情。
有分有名都敬重，无权无位也相迎。
常吟白雪卓然调，勤赋巴人雅意声。
旋律情真动诗界，髯公德寓性豪呈。

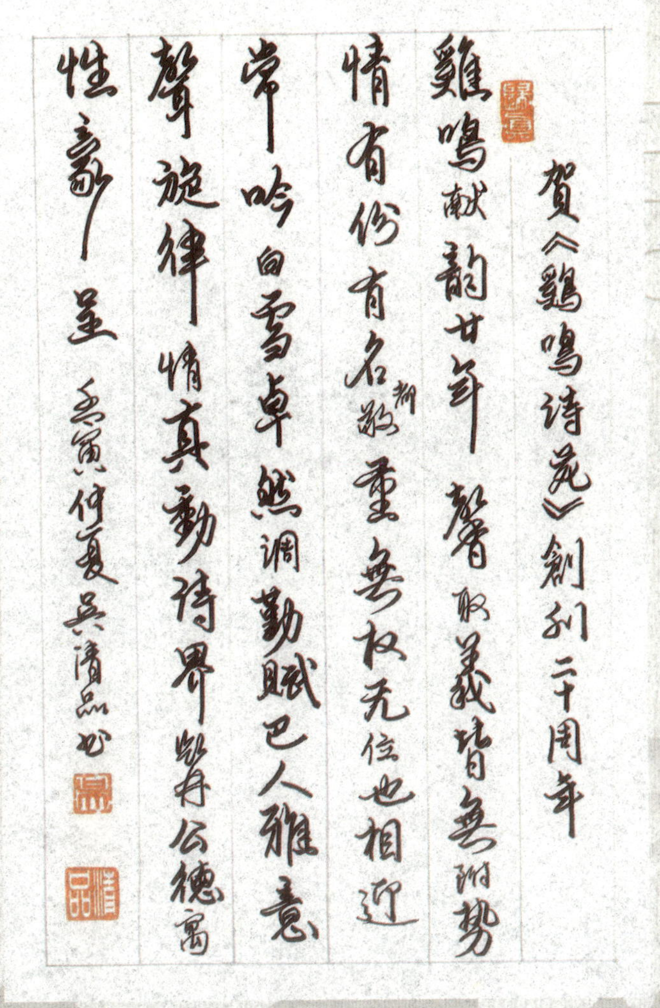
賀《鷄鳴詩苑》創刊二十周年
雞鳴獻韻廿年聲
取義皆無附勢情
有份有名猶敬重
無权无位也相迎
常吟白雪卓然調
勤賦巴人雅意聲
旋律情真動詩界
堅守公德寓性豪
呈
壬寅仲夏 吳清品 書

赏装

迎街遍巷霓裳异，奇秀裙装俏女躯。
一眼君瞥牵恋意，春风喜饰丽重殊。

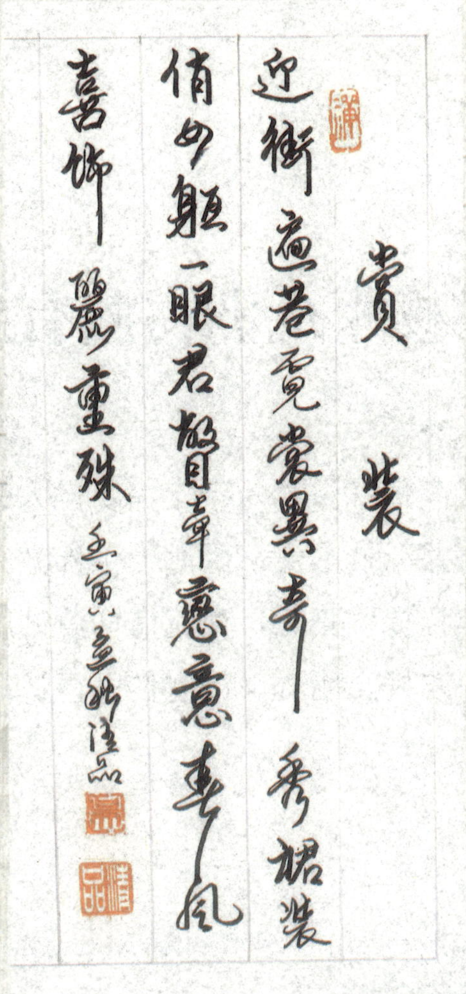
賞裝
迎街遍巷覓裳異秀裙裝
倩如軀一眼君
喜飾

瞻扬州瓜洲古渡有感

唐代高僧弘法功，千年惊叹世人崇。
沉舟九死扶桑渡，困海一生佛教兴。
创建招提鉴真意，交流信仰蕴诚胸。
日中友好文明史，倭寇仁民岂认同。

瞻楊州瓜洲古渡有感

唐代高僧弘法功千年驚嘆無人崇沉舟九死扶桑渡國海一生佛教興創建招提鑒真意交流信仰蘊識胸日中友好文明史傳寇仁民豈認同

壬寅年孟秋吳清品書

酸石榴

馋目姣身坠绿枝，红妆艳艳惹涎垂。
招来竟献仙颜貌，挤破争先锦缎衣。
顶戴皇冠炫闹市，引围商客叹称词。
群痴俏丽重金易，入味晶容酸觉迟。

酸石榴

悦目娇身坠绿，枝红灿艳艳葱，涎垂招眯竟献仙颜貌，挤破争先锦，缀衣顶戴皇冠，炫闹市引围高窍，叹称词群，痴俏丽重金易入味晶窍，酸觉送

壬寅孟秋 清晶书

重阳节有感两岸“三通”

历尽沧桑万劫终，冰融两岸盛情浓。
寻亲欢聚驰瀛海，来往经商飞碧穹。
战地观光当胜境，领空着意绘彩虹。
贤才开创团圆史，从此和谐处处通。

重陽節有感兩岸三通

歷盡滄桑劫，終冰融兩岸，盛情濃。尋親歡聚馳瀛海，來往經商飛碧霄。戰地觀光當勝境，領雲着意繪彩虹。賢才開創團圓史，從此和諧處處通。

壬寅秀珠清品书

捉虫寄思

贫路兴家羽未丰，精营致富遇蚕凶。
肆馋苗嫩没踪影，苦害民勤费锄种。
遗患延年无止境，潜藏祸世有增容。
铁心稼穑耕耘户，寻穴常晨擒贼穷。

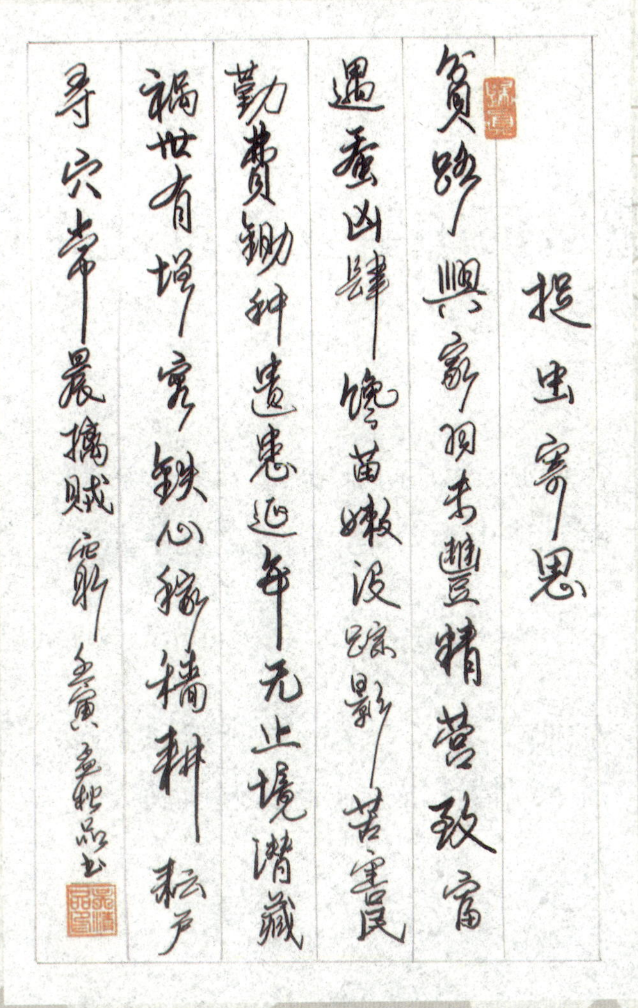
捉虫寄思
贫路兴家须来丰精营致富
遇蚕凶肆馋苗嫩没踪影苦害民
勤费锄种遗患延年无止境潜藏
祸世有增害铁心猛精耕耘户
寻穴常晨搞赋

贺岔河中学龙滩诗社成立

（一）

浓情倾注创诗刊，德艺双馨敢志攀。
跨过诗山千万座，取经之处是龙滩。

（二）

万千诗社万千佳，又现龙滩放彩霞。
播下深情无限意，诗花遍放满天涯。

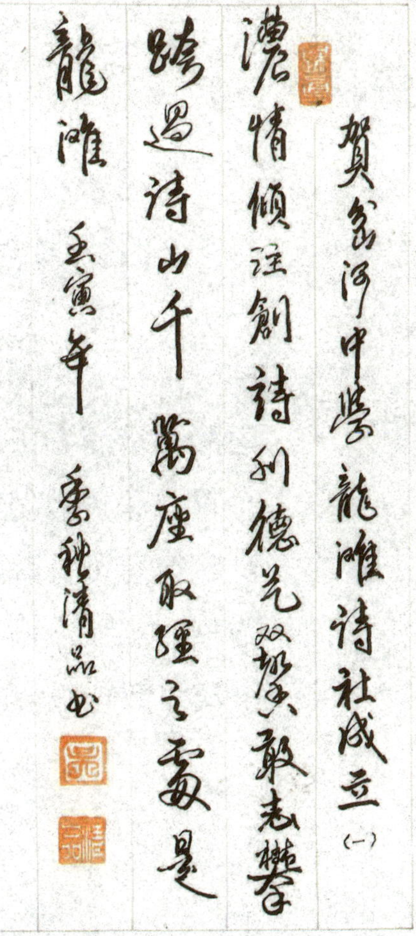
賀烏河中學龍灘詩社成立（一）
濃情傾注創詩刊德藝双馨敢志攀
跨過詩山千萬座取經之處是
龍灘 壬寅年 季秋清品也

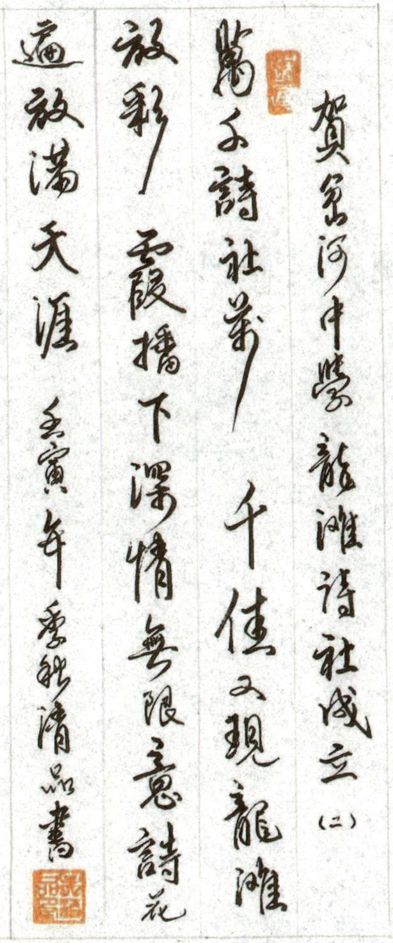
賀烏河中學龍灘詩社成立（二）
萬千詩社萬千佳又現龍灘
放彩霞播下深情無限意詩花
遍放滿天涯 壬寅年 季秋清品書

《中华诗词》佳刊

宏辞喜赏润心田，阑夜无休频读鲜。
意哲知深多妙句，情词未浅少浮言。
泣吟坎坷赞贤辈，讨腐金声忧国篇。
语挚笃实歌盛世，话真恳切叹民艰。
淋漓尽致拓眼界，每爱诗刊枕上眠。

《中華詩詞》佳刊

宏辭喜賞潤心田，闌夜無休頻讀鮮。意哲知深多妙句，情詞未淺少浮言。泛吟坎坷贊賢業，討腐金聲憂國篇。語摯篤實歌盛世，話真懇切嘆民艱。湖濤長致拓眼界，每愛詩刊枕上眠。

壬寅年 魯雲清品

栽兰花

我是兰中一世佳，蕴藏无限好年华。
最惧无君知习性，把俺栽得丑而差。

栽蘭花

我是蘭中一垂佳蘊藏無限好

年華最惧无君知習性把俺栽

得丑而美

壬寅年 童清品

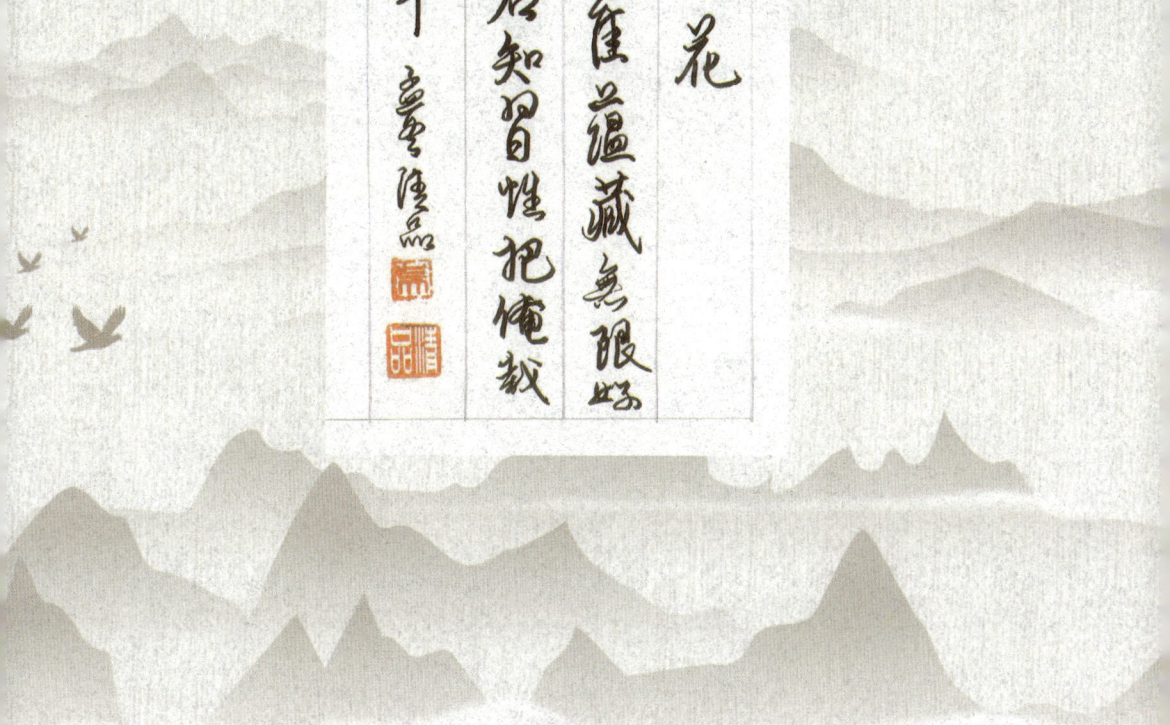

校园之歌

昨日搬家哪个来，你来我自报情怀。
后排高个重新坐，档次另安前位排。

校園之歌

昨日搬家哪個來你來我自報情懷若排高个重新坐檔次另安前後排

壬寅年孟秋清品

赏二泉映月有感

叹调声声缭绕琴，乐魂颤我醉铭心。
弓鸣皓月抒寒意，弦畅幽泉流恨音。
精曲情赢征尔泪，奇才盛聚名都吟。
缅怀阿炳悲一世，不及庸歌首万金。

賞二泉映月有感

嘆調声聲繚繞琴乐魂顫
我醉銘心弓鳴皓月抒寒意弦暢
幽泉流恨音精曲情贏得名淚奇
才盛聚名都吟頌悠阿炳悲一世
不及庸歌首萬金

壬寅 孟穗

瞻二胡演奏家阿炳先生墓

一到茔前三鞠躬，悯君热泪痛心胸。
身无片瓦栖檐暖，唯有单衫过雪冬。
饥肚煎熬流浪处，琴腔哀叹绕云空。
妙玄弓里凄声断，盛誉乐都世界崇。

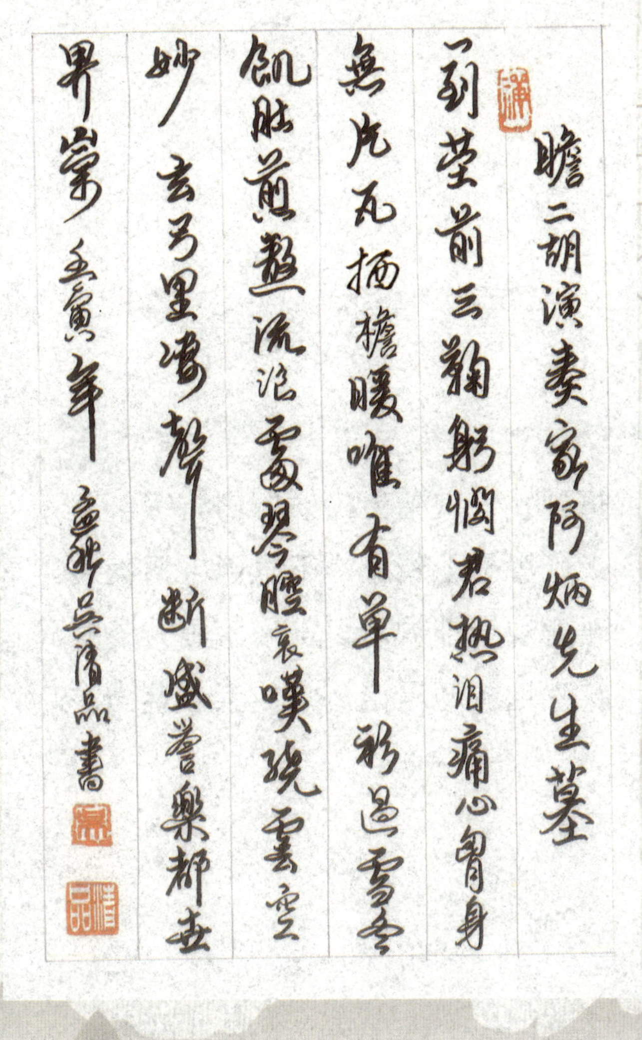
瞻二胡演奏家阿炳先生墓
到墓前三鞠躬悯君热泪痛心胸
无片瓦插檐暖唯有单衫过雪冬
饥肚煎熬流浪雾琴腔哀叹残云空
妙玄弓里传声断盛誉乐都世
界崇 壬寅年孟秋吴清品书

赏菊

每到秋来赏菊芳，娇容白雪缀华堂。
朱光墨影现新趣，下里巴人舞美装。
碾玉观音神韵示，平沙落雁秀姿藏。
花开灿放迎霜艳，常伴崇君魅力香。

賞菊

每到秋來賞菊芳，嬌容白雪綴華堂。
朱先墨影現新趣，下里巴人舞美裝。
碾玉觀音神韻示，平沙落雁秀中藏。
花開燦放迎霜艷，常保崇君魅力香。

壬寅仲秋書

白玉兰抒怀

光枝树杈一身穷，吐芽含苞暗葱茏。
雪颜玉姿莲台坐，影映煦日露欣容。
娇态既无绿叶衬，更显美俊冠花崇。
香颜吻来围观者，银白玉朵有人逢。

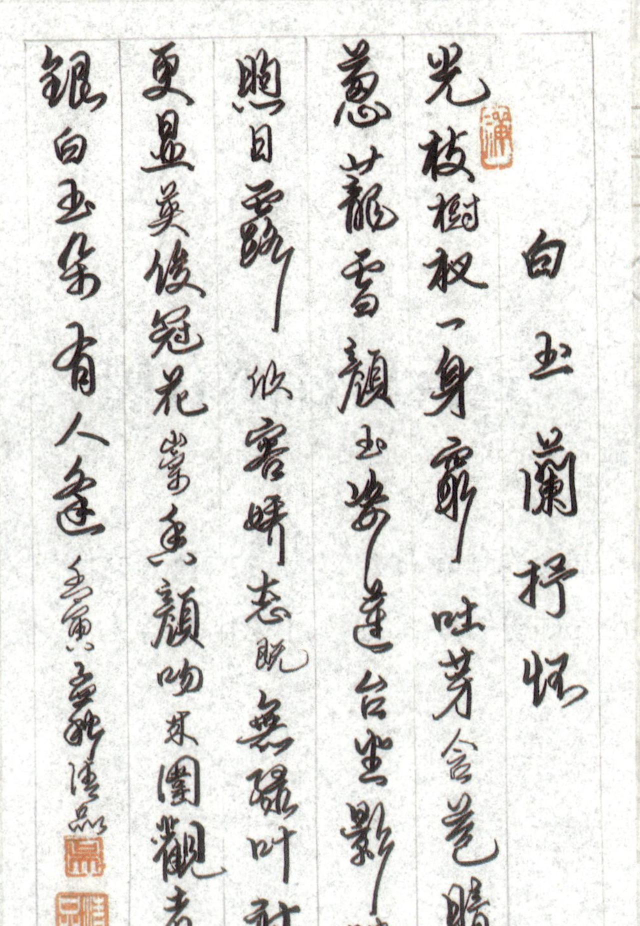
白玉蘭抒怀
光枝樹杈一身霜吐芽含苞暗
蕊藏香顏玉姿蓮台坐影映
朗日露微容婷态脱無蹤叶耐
更显英俊冠花叢集顏吻林園觀者
銀白玉朵有人逢

观百里杜鹃有感

琼楼靓景遍神州，奇变惊花天女眸。
袅娜纷纷飘慕地，凡花化作醉人游。

观百里杜鹃有感

琼楼靓景遍神州奇寰惊
花天女眸袅娜纷纷飘蓦地
风花化作醉人游

壬寅孟秋清品

菊颂

百炼千秋铸秀株，催生野草衍殊途。
长年苍翠润新卉，十月英姿胜画图。
品性佳藏珍贵赋，人间喜誉俊贤呼。
唯物不是真君子，持久谁能爱近乎。

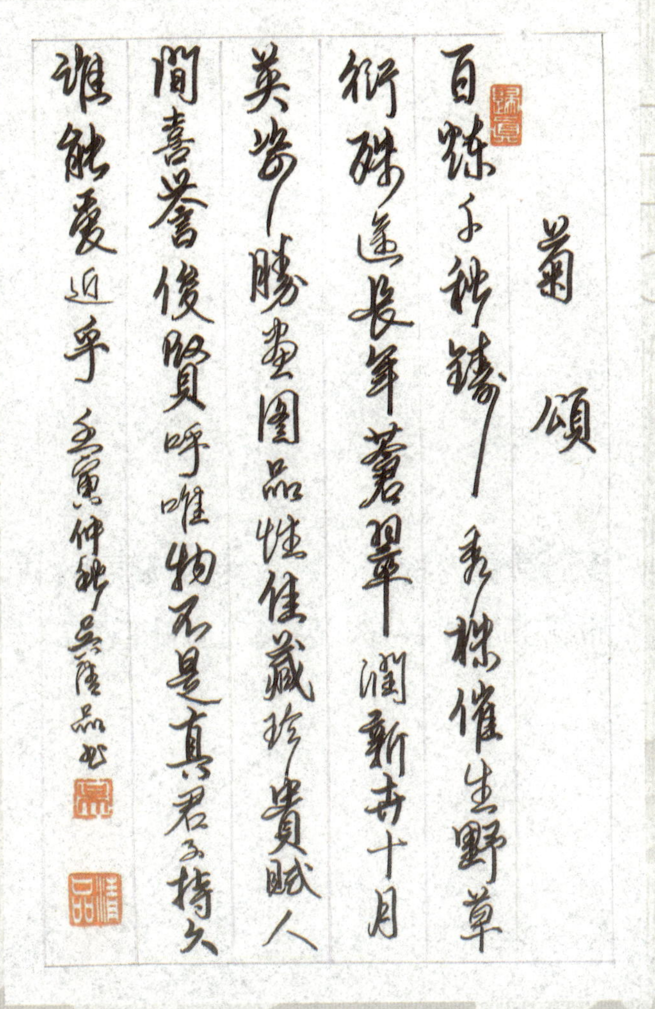
菊頌
百煉千錘鑄秀株催生野草
衍珠蓮長年蒼翠潤新苗十月
英姿勝畫圖品性佳藏珍貴賦人
間喜譽後賢呼唯物不是真君子持久
誰能褒近乎
壬寅仲秋吳隆品書

爱笛

境遇常贫为物忧，生活受困锁喉头。
翻藏玉笛抒心爱，袅袅笥音咏旧愁。

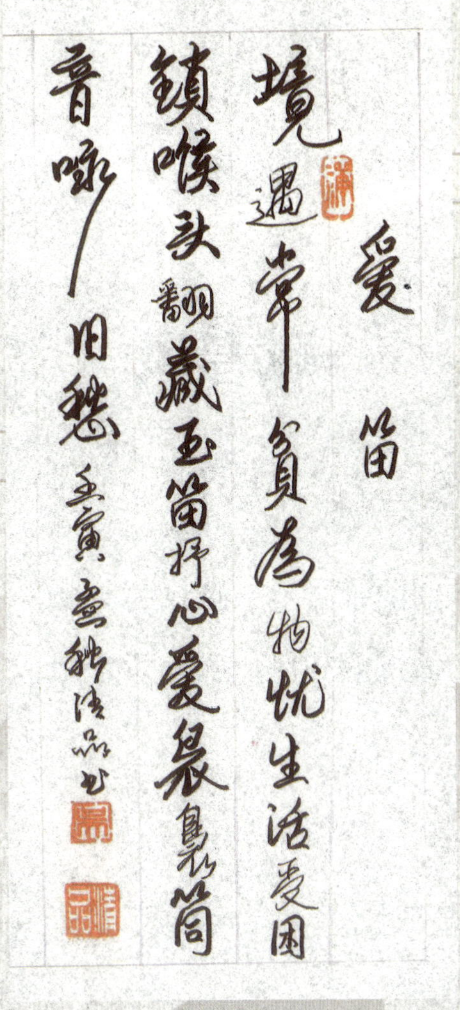
憂笛
境遇常負為物憂生活受困
鎖喉秋翻藏玉笛抒心憂晨鬢簡
音啞旧愁
壬寅 無錫清品書

赋春风

（古绝）

遍阅千家书，情结万象物。
借得众春风，吹遍诗中绿。

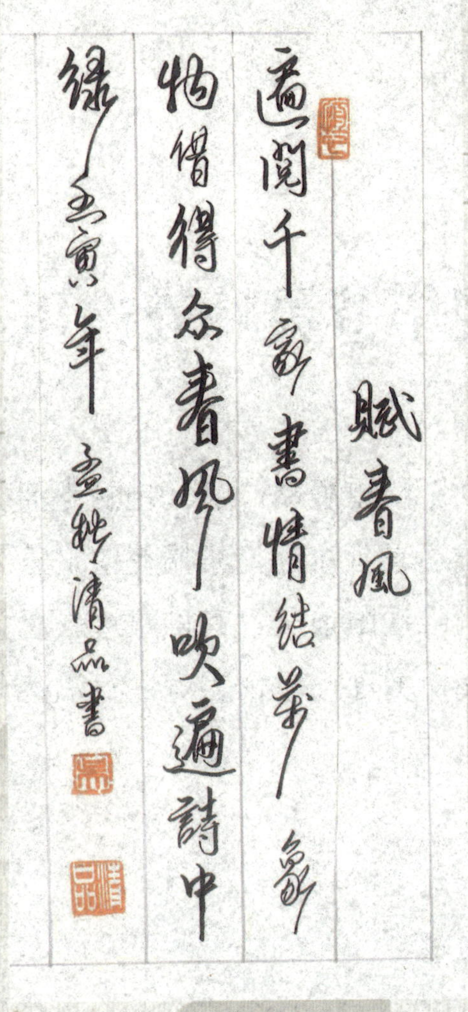
賦春風
遍閱千家書情結萬象
物借得众春風吹遍詩中
綠
壬寅年
孟秋清品書

观毕节灵峰寺白玉兰

苍劲丫枝重叠翠，满冠艳丽泛清香。
围瞻客喜延奇趣，攀摘花留赏玉芳。
叹世唯观眼前美，有谁寻迹去思量。
岂知命搏深山里，为竞生存泊落荒。

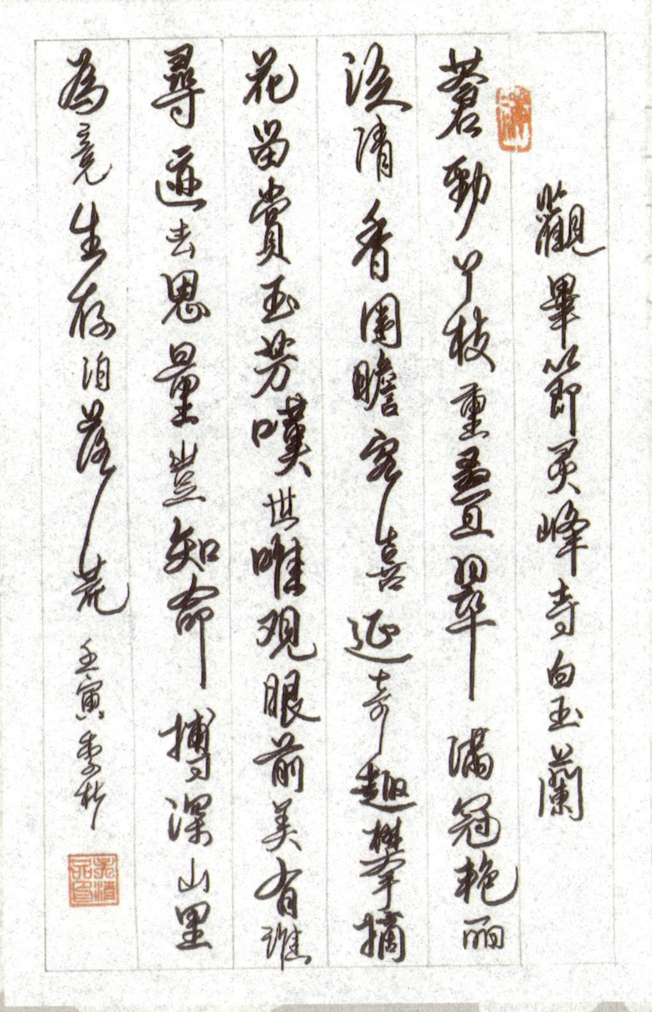
观毕节灵峰寺白玉兰
暮春千枝重叠翠，满冠艳丽
溢清香。周瞻客喜迎寺趣，攀摘
花留赏玉芳。叹世唯观眼前美，有谁
寻道去思量。岂知命搏深山里
为竟生存泊落荒
壬寅 季秋

球根海棠

风雪潇潇翠叶尘，卉容韵落弃芳身。
依然易岁迎宾笑，一载冬残一载新。

鐵根海棠

風雪瀟瀟翠葉生幽寒韻落奔芳身依然易歲迎賓笑一載冬殘一載新

壬寅季秋清品

破裂石榴

皇冠顶顶饰朱公，珠宝潜藏育腹中。
累累盈怀撑破肚，观天财屡露贪容。

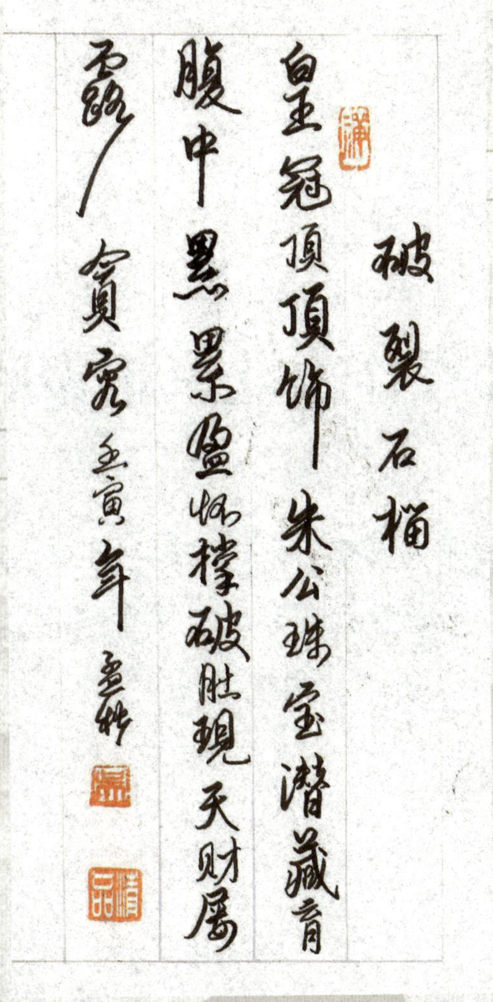
破裂石榴
皇冠頂頂飾
朱公珠寶潛藏育
腹中累累盈懷撐
破肚現天財屬露
壬寅年

知青作家北京相聚吟

获奖知青喜聚京，艰辛姊妹诉衷情。
银丝皓首春犹在，珍贵文章醒后龄。

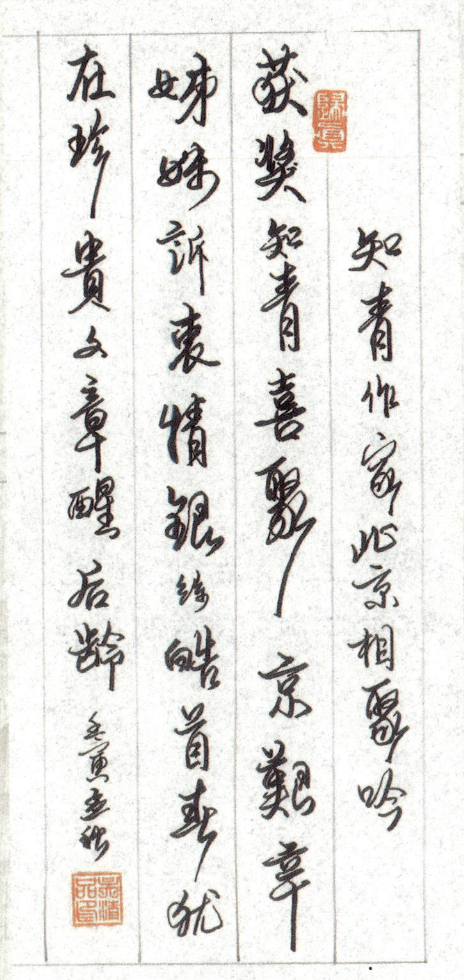
知青作家北京相聚吟
獲獎知青喜聚京郊亭
姊妹訴衷情銀絲皓首春猶
在珍貴文章醒後齡
壬寅孟秋

岩上松

葳蕤岩上松，苦劲险崖空。
欲问身腰硬，风狂恶雪中。

岩上松

巍巍巖上松
苦動險崖雲
歎問身腰硬
風狂惡雪中

壬寅年

武汉访古琴台

滔滔江汉水，攘攘挤人群。
遍访知音不，骆瞻实二人。

武漢訪古琴台

滔滔江漢水
攘攘擁人群
遍訪知音不逢
瞻寶二人

壬寅年 魯雅清品

开 放

独开新世令人惊，旷古穷农奔富萌。
引进外财生技艺，广兴大厦创商城。
居家别墅豪华宅，代步皇冠高贵车。
绑缚耘耕成史弃，桃源处处志由行。

开 放

独开新□走常人惊呼霸新农古

寿 富荫引进外财生技艺广兴

大厦剙商城居家别墅华宅

代步皇冠高贵东乡傅耘耕成史辛

桃源处属志由行 壬寅□□清品

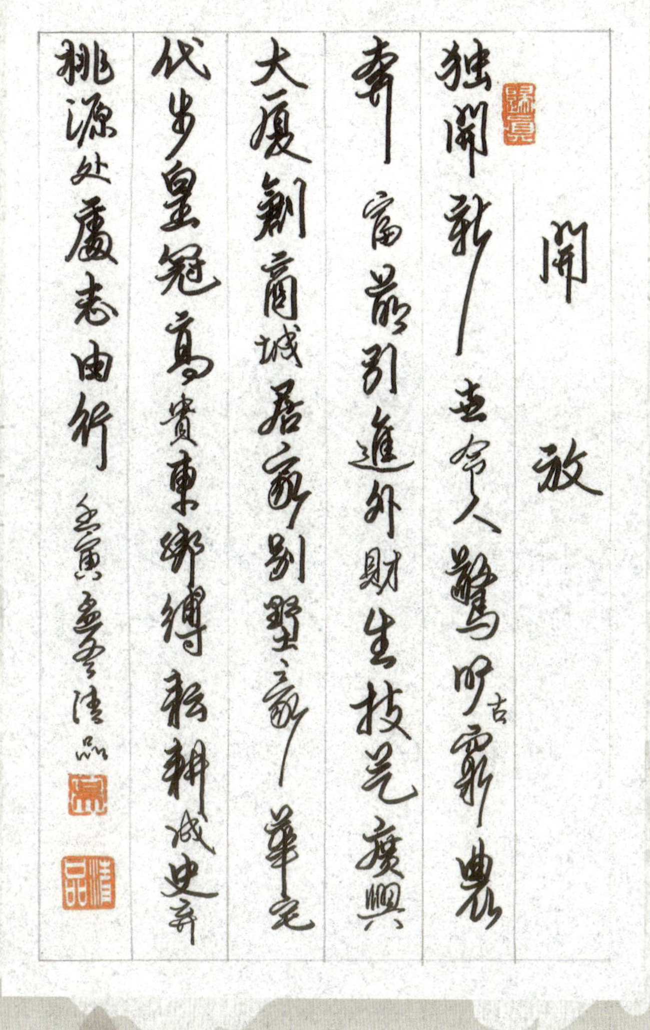

唱红歌

万千歌手唱红歌，流韵情深颂祖国。
唱遍千山和万水，声声快乐幸福多。

唱紅歌

萬千歌手唱紅歌，流韻情深頌祖國。唱遍千山和萬水，聲聲快樂幸福多。

壬寅年 [illegible]

行草书

纸笔墨砚用成精，字字研熟发奋情。
心畅腕抒神韵到，云舒云卷妙趣生。

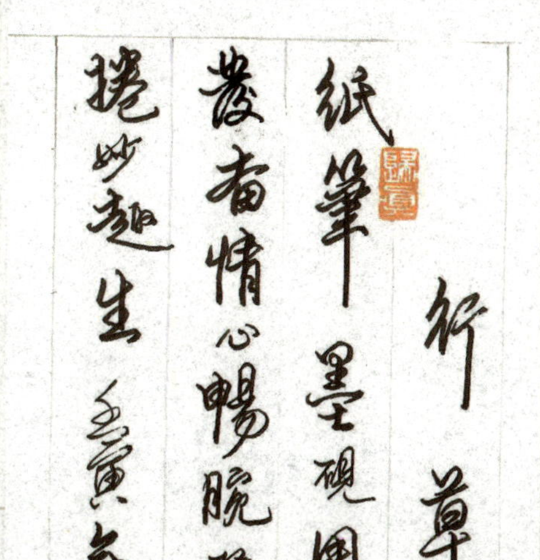
行草書
紙筆墨硯用成精字字研熟
發奮情心暢腕抒神韻到云舒雲
捲妙趣生
壬寅年

练楷书

银勾点划用情耕，颜柳笔锋缀骨形。
不厌其烦神韵至，惊睛字字趣横生。

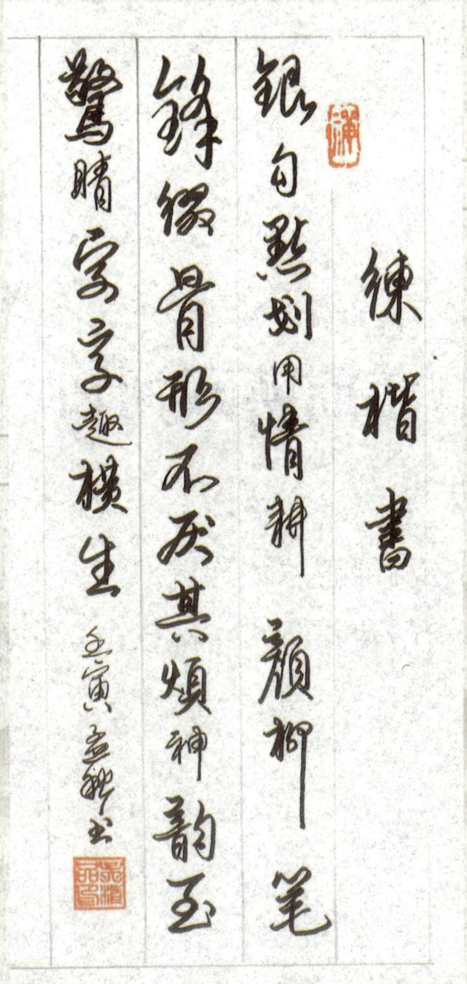
練楷書
銀勾鐵劃用情耕 顏柳笔
鋒綴骨形不厭其煩神韻至
驚鴻睛定字趣橫生
壬寅 孟秋 書

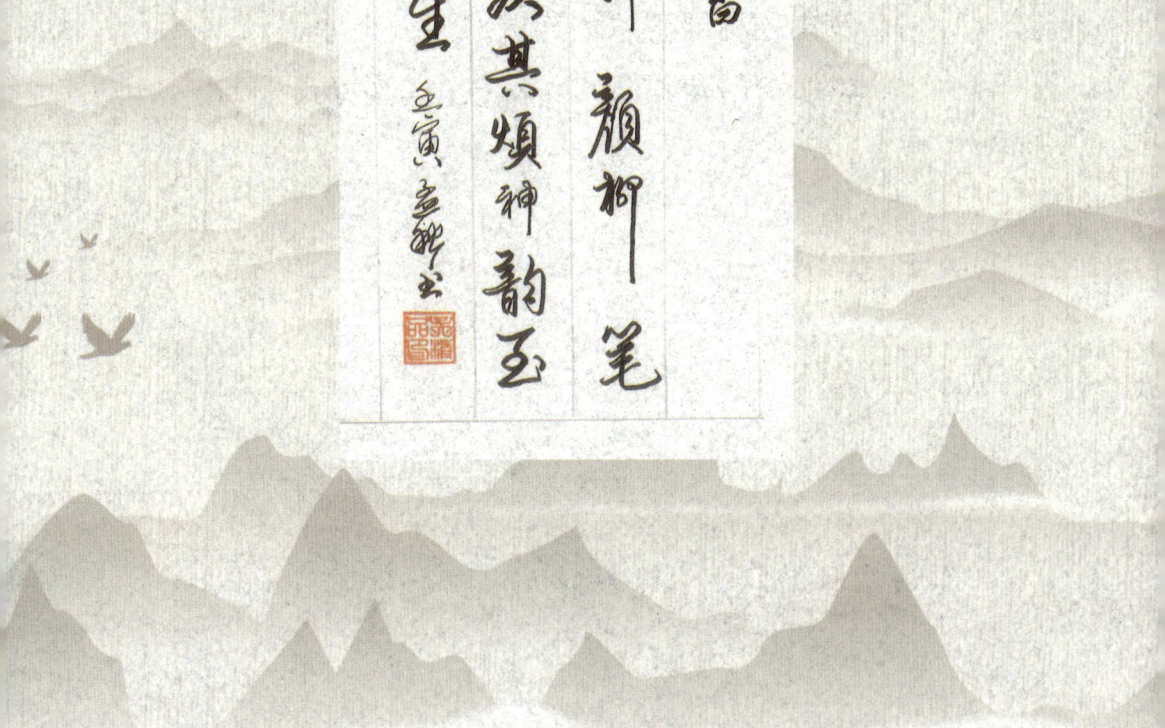

游前所双河口

满山松树绿葱葱，连遍双河大小冲。
常听五岭涛声吼，传颂砍山累饿农。

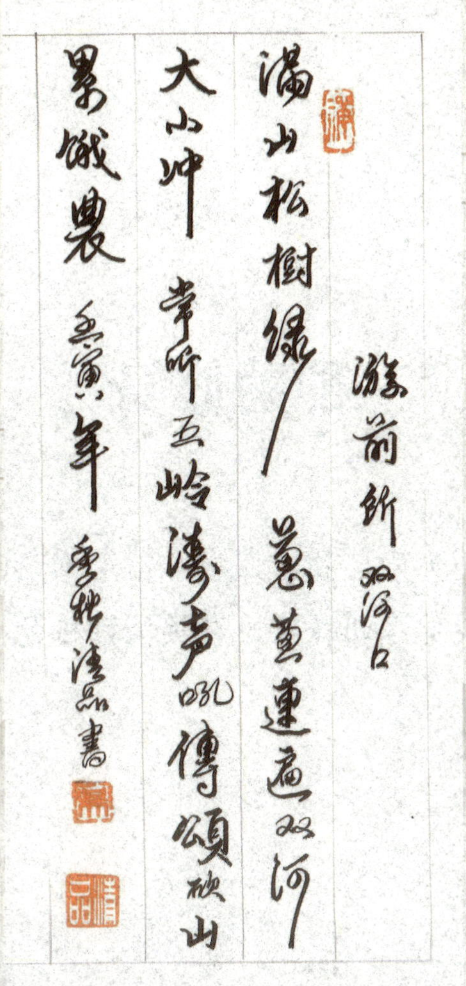
游前所 双河口
满山松樹绿 葱茸連遍双河
大小冲 常听五岭濤声吼 傳頌砍山
累饿農 壬寅年 季秋清品書

种菊修身

矛盾一生伴我行，事非常辨奉贤明。
心灵化净研花盛，花笑情钟种菊人。

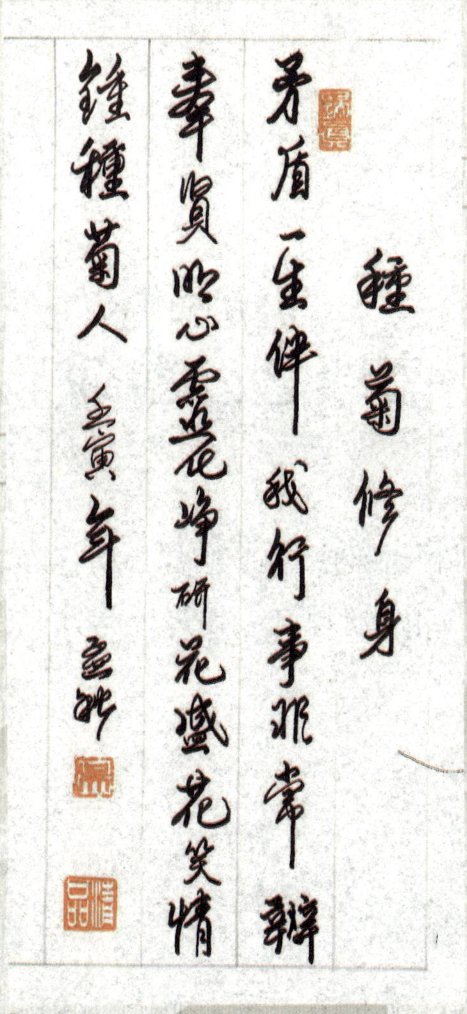
種菊修身
矛盾一生伴我行事非常辨
幸賢明心靈花淨研花識花笑情
鍾種菊人
壬寅年

高原之云白菊①

相聚难中逢，惠君心动容。
朝勤献知己，最爱一生从。

①高原之云，菊花名，花大而多，像高山岭上的白云，白菊中的代表。

高原之雲白菊

相思　難中逢惠君心動

寒朝勤獻知已最愛无云

壬魚年　消品出

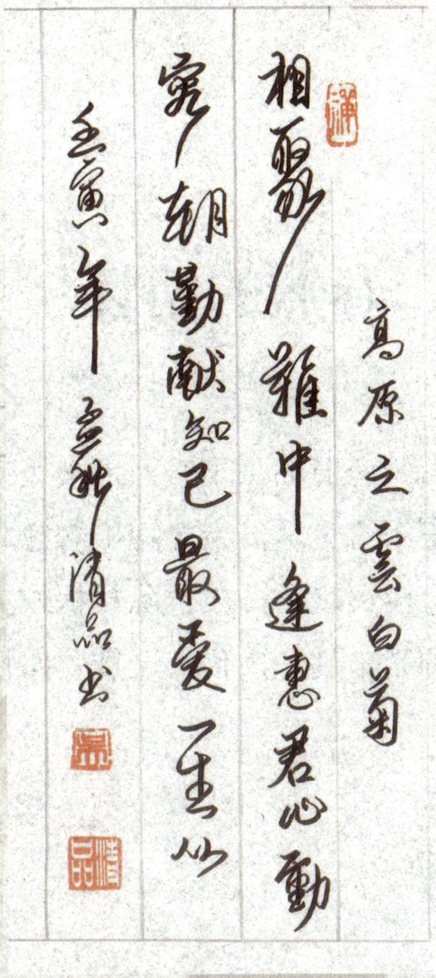

春燕的情怀

北去南归恋旧宅，千辛万苦又飞来。
温馨安乐筑巢暖，亲热相依孵崽乖。
结对穿梭灭蛾子，成群除尽祸蚊灾。
真情护爱难割舍，代代迁徙复始怀。

春燕的情怀

北去南归恋旧宅
千章万苦文庭
来温馨安乐
筑巢暖亲热相依朋
和结对穿梭天蛾
子成群降善福牧家
真情护爱难割舍
代代还继复
始怀

壬寅年
鑫毓清品书

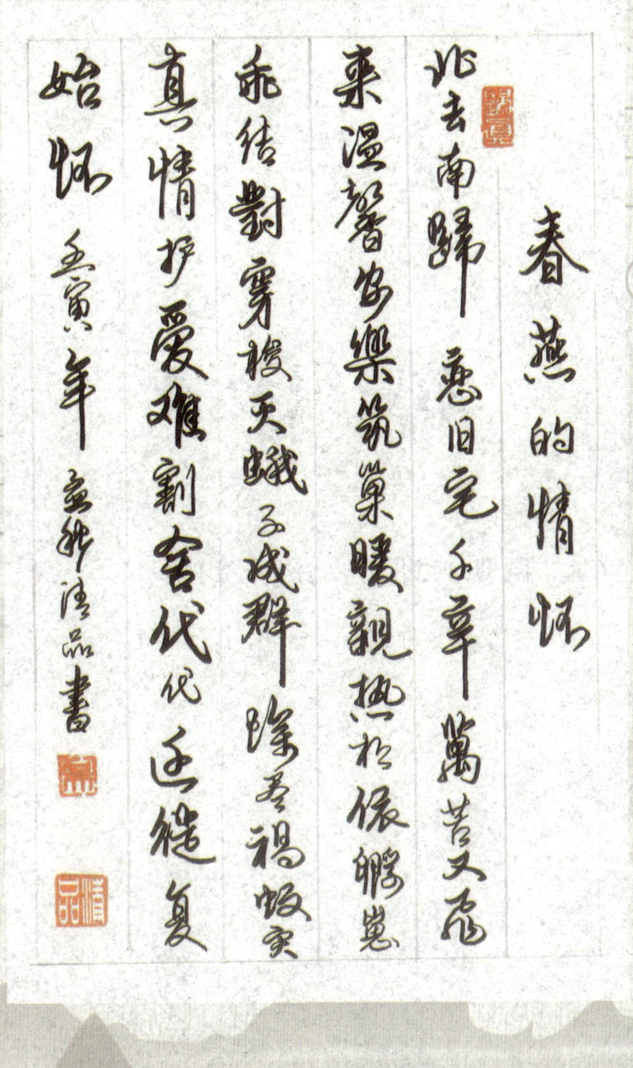

游览织金洞

奇观久埋没，萧瑟冷山幽。
千古迎开放，名闻七大洲。

游览织金洞

奇观久埋没，萧瑟岭山幽。
千古迎开放，名闻七大洲。

壬寅年 高鹏清品书

黄果树瀑布抒怀

常人淡淡仰无趣，淡淡常人探景娱。
崇善诚君真识吾，狂歌奔润九天渠。

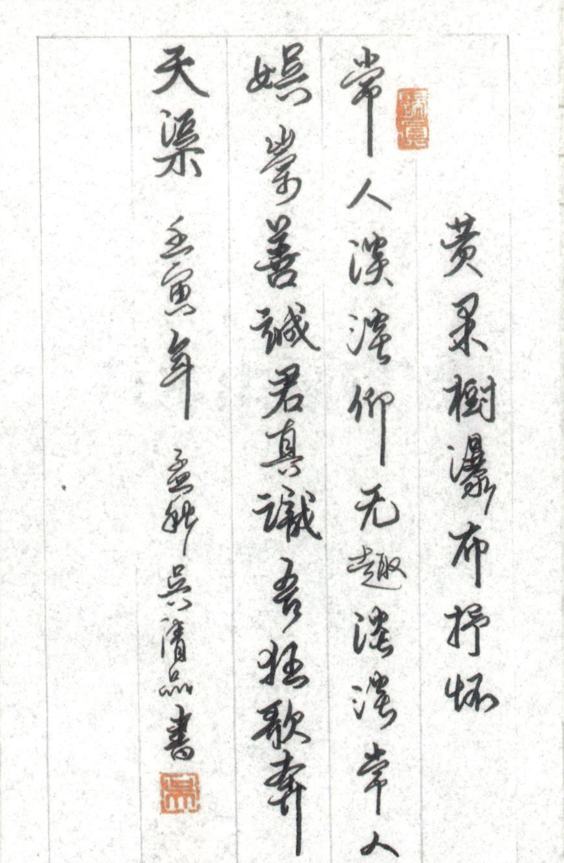
黄果树瀑布抒怀
常人漠漠仰无趣
漠漠常人探景嫣
常善识君真识秀
雅歌声润九天渠
壬寅年孟秋吴清品书

题自画山水诗

幽境农家乐，惠临幸福多。
常吟一世锦，不见杜公歌[1]。

①杜公歌，杜甫的《茅屋为秋风所破歌》。

题自画山水诗

幽境農家樂惠臨幸福多常吟西錦不見杜公歌

壬寅年孟秋 吳清品書

抒怀

民间万象生万情，行文流星写不赢。
常留心间洁白纸，常抒世间疾苦声。

抒懷

民間萬象生萬情
行文流墨寫不盡
常留心間落白紙
尚抒世間疾苦聲

壬寅 宇飛

乌木

美饰山林装碧异，林木常显郁浓枝。
残冬万树叶寒尽，唯见秋香葱绿奇。

乌木

美饰山林装碧墨
林木常显郁浓枝
残冬万树叶零尽
唯见独香葱绿青

壬寅年 孟铁清品

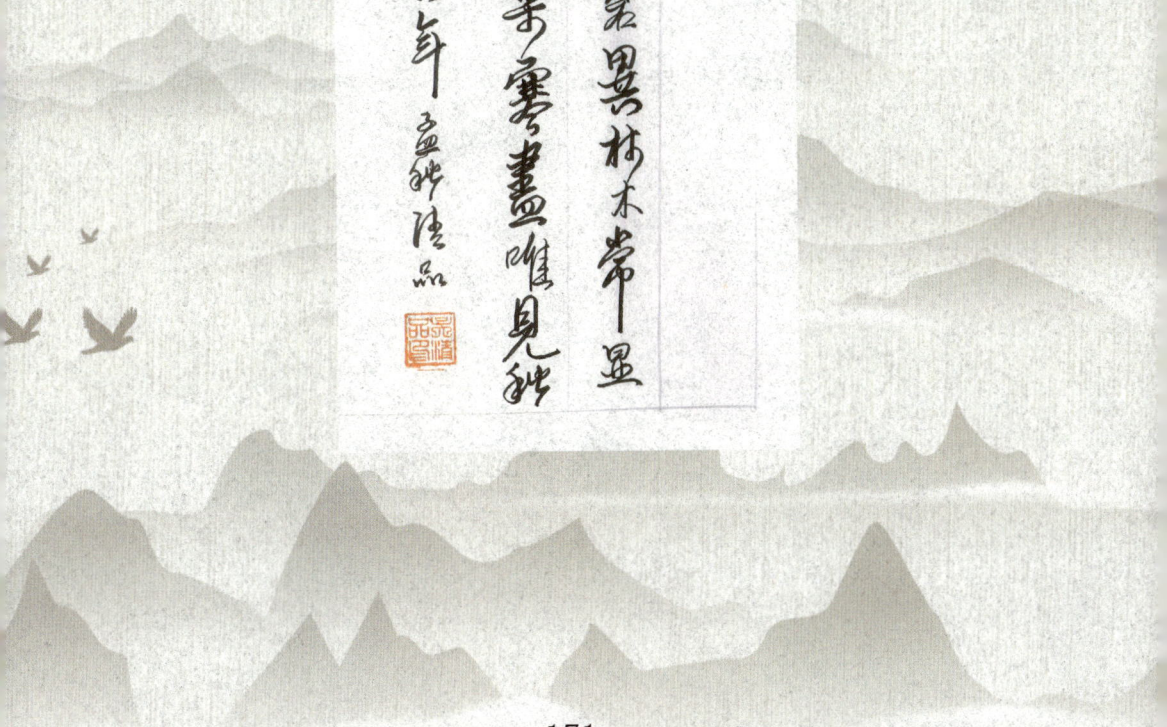

咏贵毕高速公路

轻履驰车练上飘，往来辆辆啸飞消。
无夸修得新途妙，喜看商潮逐浪高。

喻贵毕竟高速公路

轻履驰车线上飘　往来辆辆

啸飞消尽劳修得新途她喜

看尽潮迤逦高　戊寅秀松

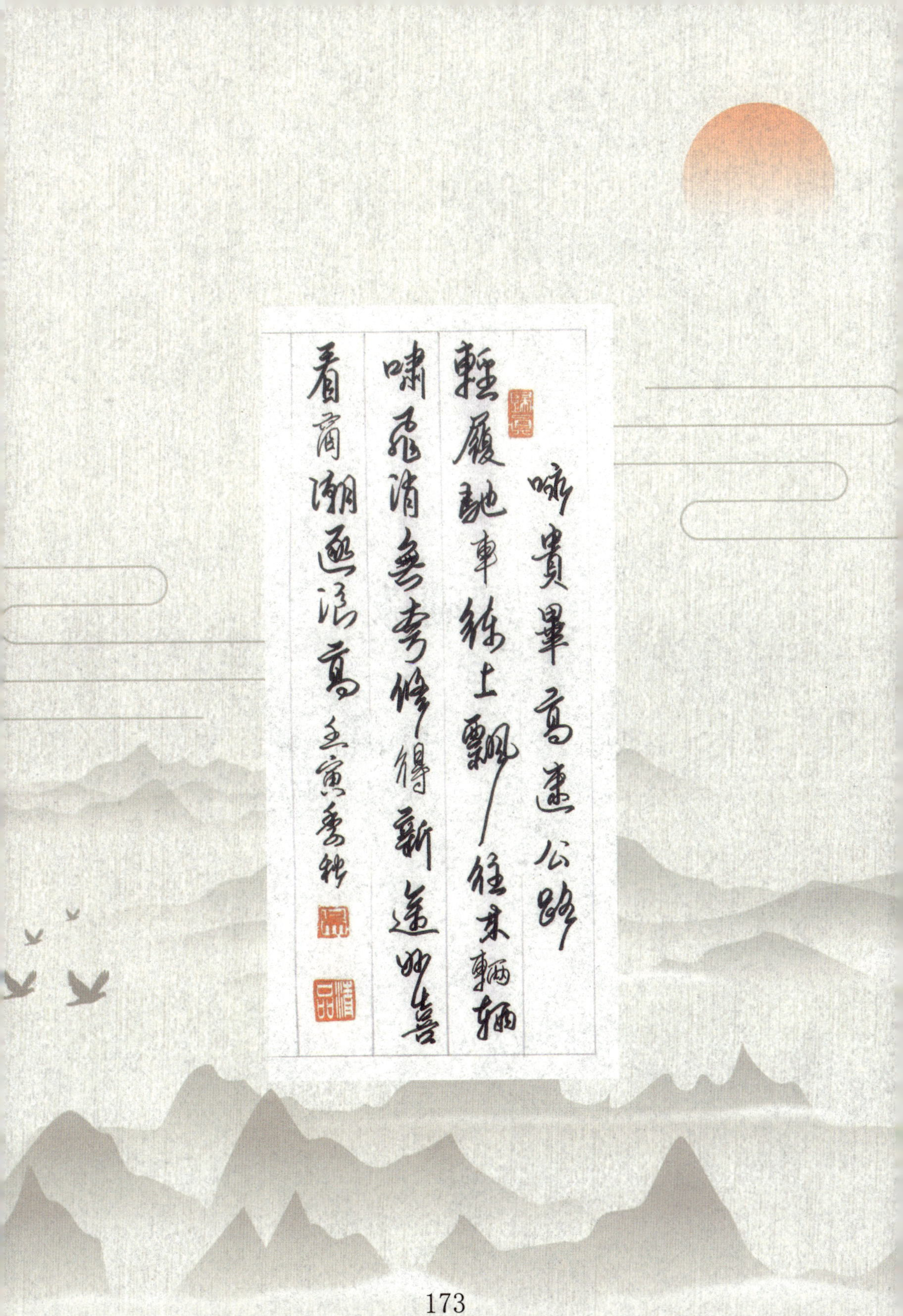

珊瑚珠

惠栽庭院有心滋，叶劲枝昂神采奇。
盛果鲜红生媚态，悠悠风荡展娇姿。

珊瑚珠

蕙栽庭院有心滋，
叶动枝昂神采奇。
盛果鲜红生媚态，
悠悠风荡展娇姿。

袁贵益书滢品

赏茉莉花

盆栽茉莉又新开，阵阵芳馨扑面来。
神气生欣吻相爱，清香格外醉心怀。

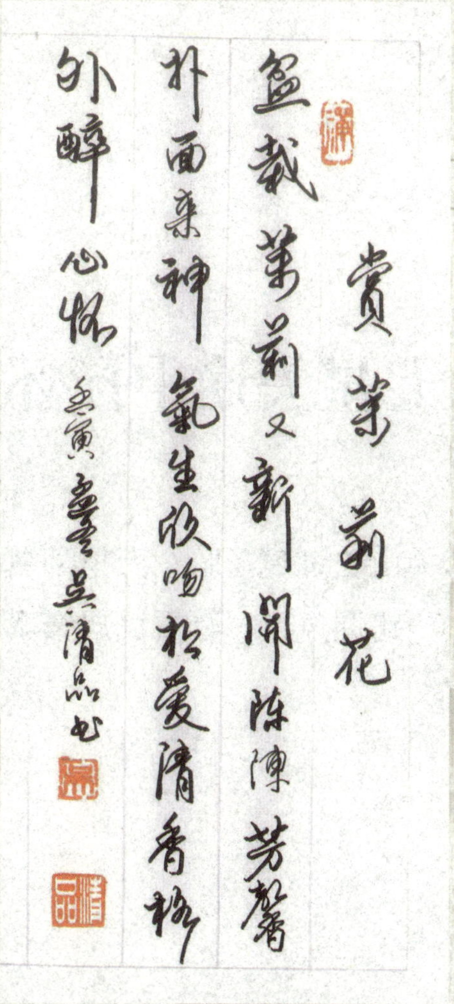
赏茉莉花
盆栽茉莉又新開陣陣芳馨
扑面来神氣生欣吻松愛清香格
外醉心懷
壬寅夏吴清品书

七星关途中抒怀

贪恋关山史迹痕，晴空万里拜名臣。
轻车一路迎风过，喜看民居寨寨新。

七星關途中抒懷

貪戀關山史迹痕，晴雲萬里鮮名區。輕車一路迎風過，喜看民居寨寨新。

壬寅仲冬

七星关怀古

仰望关山映浩空，没江乱史荡心胸。
和平今世繁荣景，愿似星河涛不终。

七星閣懷古

仰望閣山映浩雲
沒江亂史蕩心胸
和平今世繁榮景
應似星河濤不竭

壬寅年仲冬吳清品書

作诗感赋

（一）

灵感突来涌脑空，速成集句咏高风。
浅将陋语拼成句，空洞诗篇意味穷。

（二）

空洞诗篇意味穷，荣虚抛弃苦心功。
疑文穷改自神到，吟到句终韵会雄。

作诗感赋（一）

灵感实来涌脑空，速成集句咏高风。浅将随语拼成句，空洞诗篇意味穷。

壬寅孟秋书

作诗感赋（二）

空洞诗篇意味穷，莫虚抛弃苦心功。疑文修改自神到，吟对句琢韵会雄。

壬寅孟秋

毕节制革厂现状①

曾经享誉数年芳，岂料衰来载载荒。
乱树青蒿绿荫蔽，安生野雀叫昂昂。

①作于 2005 年。

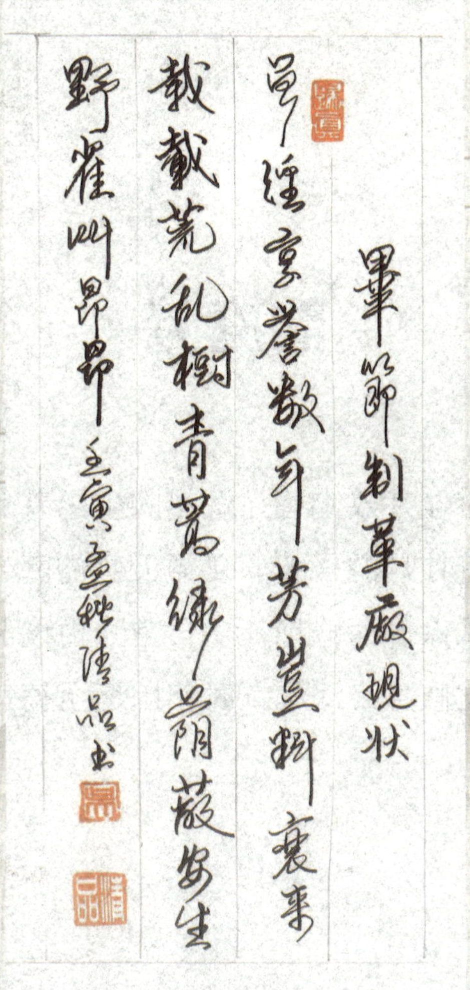
毕节制革厂现状
曾经享誉数年芳，岂料衰来
载载荒。乱树青苔缘荫蔽，安生
野雀叫昂昂。
壬寅孟秋清品书

韵庭芳

窗前佳卉放幽香，洗尽胸尘慰善良。
春着牡丹滋吾腑，夏盈天竺韵庭光。
秋风徐拂菊鲜艳，冬日常瞻梅俊芳。
到此修身终润福，时铭国运至德昌。

韵庭芳

窗前佳卉放幽香
洗吾胸尘慰善良
春着牡丹滋杏脸
夏盈天竺韵庭光
秋风丝拂菊鲜艳
冬日常瞻梅俊芳
到此修身丝润福
时铭国运至德昌

壬寅年秋 吴清品书

练二泉映月曲有感

每练二泉吟拂晓[①]，悲催音韵动心潮。
超脱俗气开胸境，曲浴修身敬艺高。

①二泉指《二泉映月》。

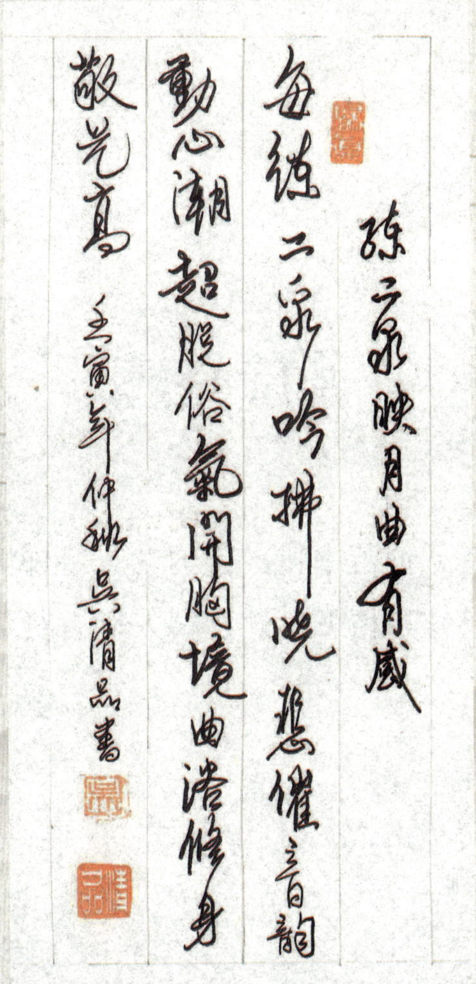
詠二泉映月曲有感
每聽二泉吟拂曉悲催音韻
動心潮超脫俗氣開胸境曲潛修身
敬光高
壬寅年仲秋吳清品書

著诗有感

著诗尤怕苦中耕，诗内功夫诗外情。
它日修若精卫鸟，艺德人敬有贤馨。

著詩有感

著詩尤怕苦中耕，詩内功夫詩外情。
宅日修若精卫鳥，羌德人敬有賢聲。

壬寅仲秋清品书

为雄鸡题咏

红冠顶戴威风凛，踱步昂头斗志赢。
世代终身一夙愿，为民高亢唤黎明。

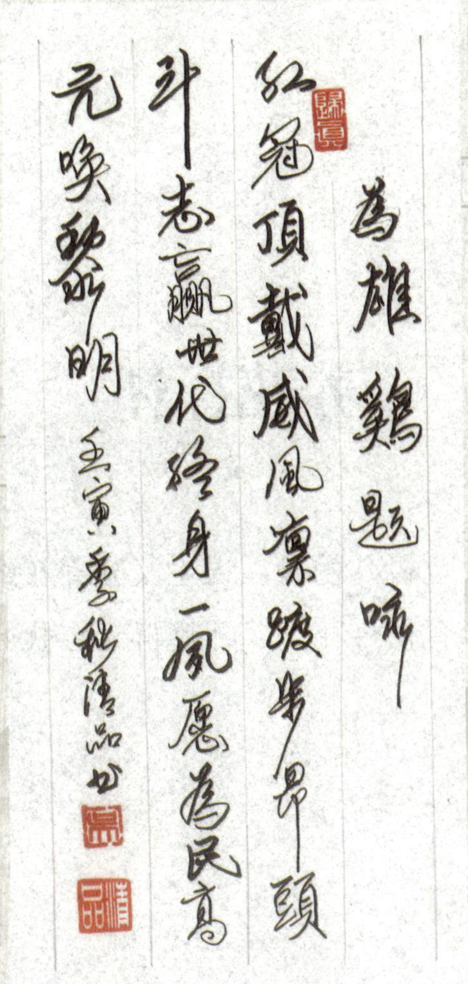
為雄雞題詠
紅冠頂戴威風凜踱步昂頭
斗志高飆世代修身一鳳應為民高
亢喚黎明
壬寅季秋清品書

养花抒怀

失业危机几困身，谋生又究养花经。
含辛育得百花灿，斗艳群芳慰我心。

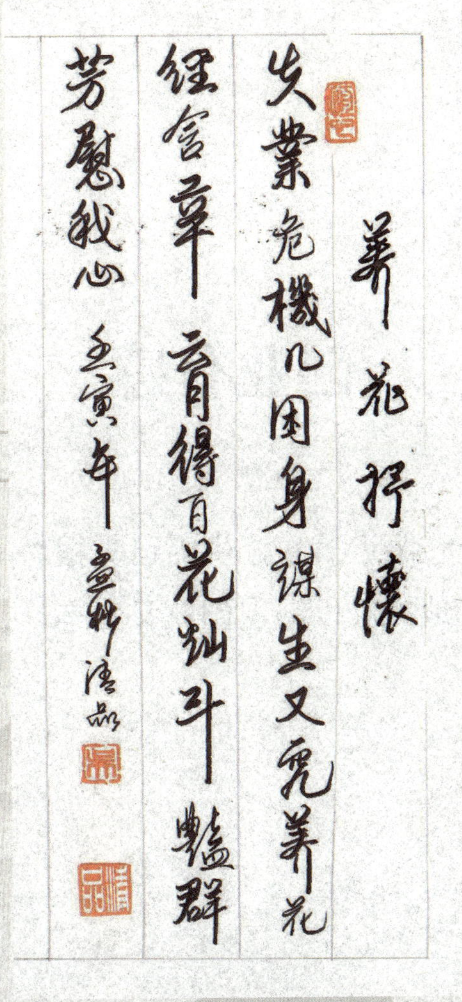

养花抒怀
失业危机几困身谋生又觅养花
经含辛育得百花灿斗艳群
芳慰我心
壬寅年孟秋清品

创业有感

转眼近黄昏，生活已失根。
地摊难以继，创业又含辛。

創業有感

轉眼近黄昏生活已失根地

推難以繼創業又含章

壬寅年孟秋清品書

春游抒怀

碧装与汗褟，相机和锄把。
福禄青云者，不识迎喜花。

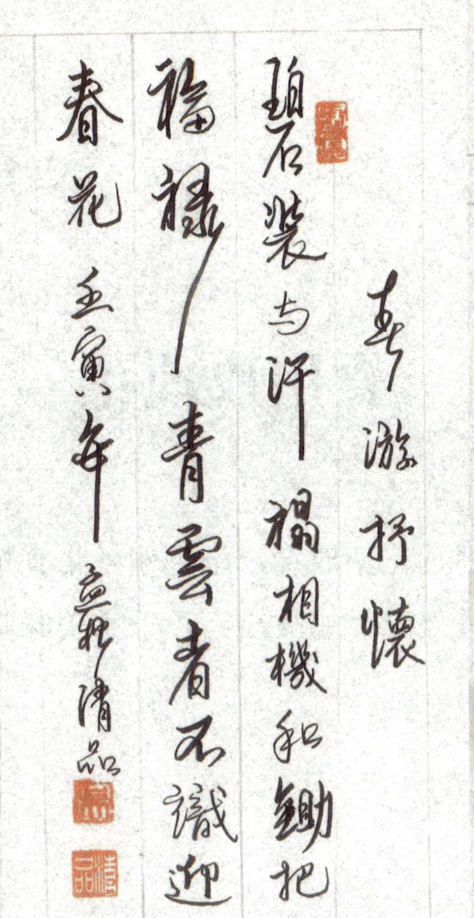
春游抒怀
碧石装与汗 福相機和鋤把
福禄 青云看不識迎
春花 壬寅年 孟秋清品

食用玫瑰花

枝陋凡花豪放春，幽香遍处带真情。
为民玉碎馨如故，万户千家美味呈。

食用玫瑰花

枝随风花影放春幽香遍

蜜带真情为民玉碎叶如故

萬户千家美味呈

壬寅孟秋清品

养蛙自嘲

梦空发财三年瞬，楚地淘金岂见金。
不敌邻家超计划，新儿已育岁三临。

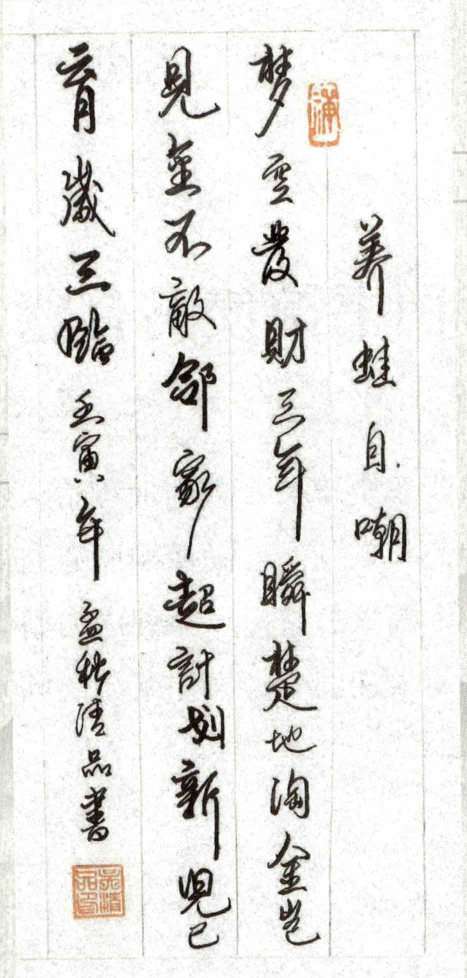
养蛙自嘲
梦云发财三年瞬楚地淘金岂
見金不敢鄰家超計劃新兒已
育歲三胎
壬寅年
孟纬清品書

图书馆读书有感

为富学识贪览书，惠容痴我站麻足。
缕翻赵体赏圆润，勤探柳风究劲骨。
经部宏篇藏慧智，子籍理念去糊涂。
精深博大文明史，净化豪情叹世无。

圖書館讀書有感

為高學識貪覽書惠寬爽我諸
麻足涉翻趙體貴圓潤勤探柳
風究勁骨經部宏篇藏慧智子
籍理念去糊塗精深博大文明史淨
化豪情嘆世無

壬寅孟秋品書

风 筝

万里晴空万鸢悠，纷呈斗彩竞云头。
背倚春风喜得志，频频升天显风流。

風箏

萬里晴空美，
戲鳶悠紛呈斗彩，
竟雲頭，背倚春風，
喜得志頻頻升天顯風流。

壬寅年孟秋 吳清品書

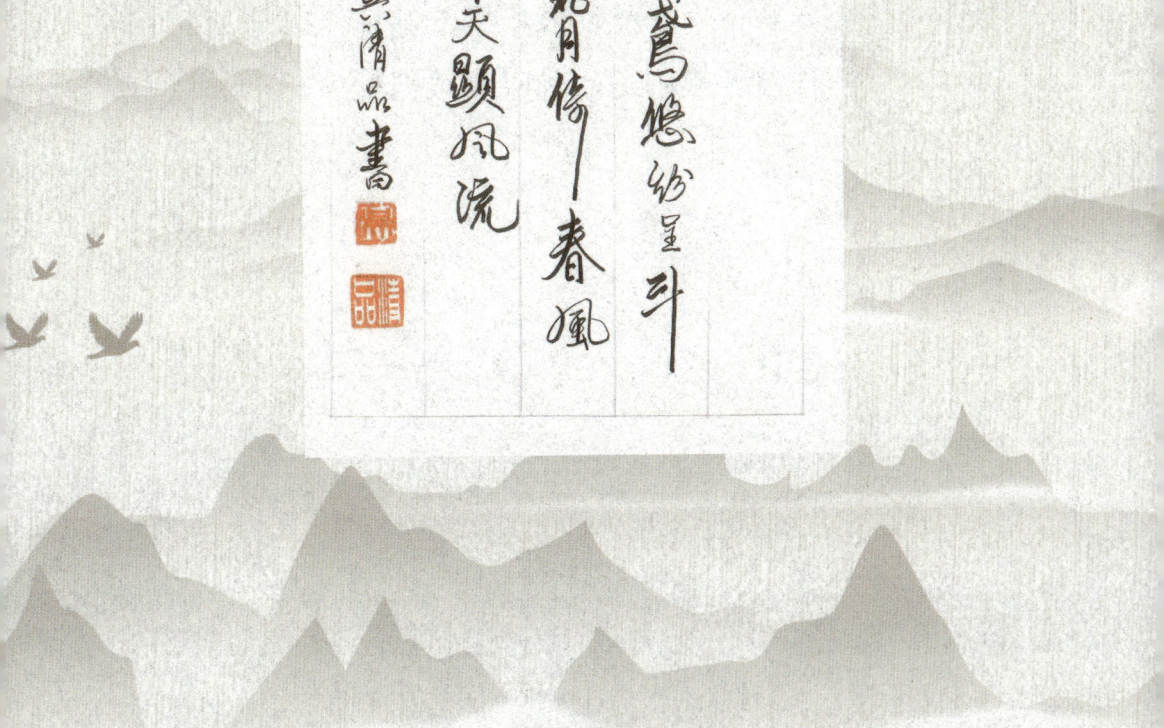

失业忧思

一半思诗一半愁，危机碍滞笔情流。
厂佳鼠耗粮囤尽，犹叹食钱何处谋。

失業憂思

一年思詩一半愁
危機礙滯筆情流
廢住鼠耗糧囤丟
猶嘆食錢何處謀

壬寅 查秋品

端阳诗会悼屈原

犹是菖蒲阵阵芳，喜迎诗友颂华章。
万千妙句汇诗海，悼念三闾德艺香[1]。

①三闾指三闾大夫屈原。

端陽詩會悼屈原

猶是菖蒲陣陈芳喜迎詩友頌華
章翠觴千妙句匯詩海悼念
三閭德艺香

壬寅年孟秋清品書

栽菊

青瘦浑身神采烁，风情万种爱情多。
痴君好植无精意，百态金秋艳逝波。

栽菊

青瘦渾身神采爍，風情萬種愛情多。癡君好植無精意，百態金針艷逝波。

壬寅孟秋清品书

背 篓

着装垢腻面灰姿，倚杵肩篓任遗嗤。
劲竭千车冬暖炭，累穷万厦日腥资。
清除巷道肮脏臭，背尽旮旯丑陋奇。
憨厚勤劳著文采，满城编写文明诗。

背篓

篓装垢腻面夹岁情析肩篓作
遥嗅动瑞千东冬暖爱累穷篓
夏日腥资清除老道肮脏臭背层皆
见醜随弃憨厚勤劳着文采满城
编写文明诗 壬寅孟秋清品

茂盛的四季桂花
被弃河道中致死

郁郁青枝繁茂叶，清香四季醉人开。
壮冠时节无培护，也是中途一蠢材。

茂盛的四季桂花

被弃河道中致死

郁郁青枝繁茂葉清香四季醉人開壯冠時節無培護也是中途一蠢材

壬寅仲夏书

清明行

昨日祭坟灵，乡途连叹惊。
去年茅屋寨，已变百楼城。

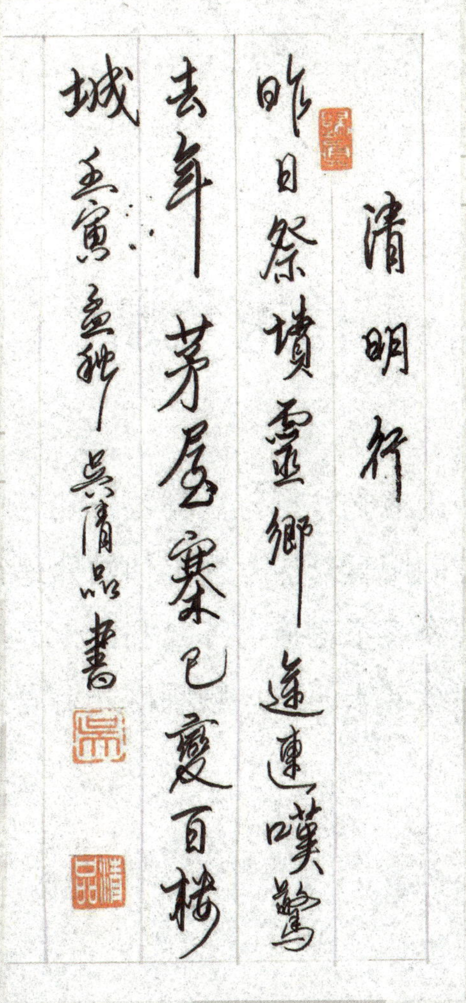
清明行
昨日祭墳靈鄉途速嘆驚
去年茅屋寒已變百樓
城
壬寅孟秋 吳清品書

白玉兰赋

亭亭玉立光枝桠，满树银白吐芳华。
迎春向阳喜舒眉，含笑仙姑驾莲花。
展现姿容不遮掩，浑身利落无牵挂。
趁隙绿叶未萌出，频频盛开更潇洒。

白玉蘭賦

亭亭玉立光枝椏滿樹銀白吐芳華 迎春向陽喜舒眉含笑仙似鷺蓮花展現姿容 不遮掩渾身利落光華 棲蓬隙緣 叶未萌出類頻盛開更瀟灑

壬寅年 孟秋清品書

咏杜鹃花

蛰居山岭没山旮，哪个相识我野花。
富贵迎来五洲誉，荣登大雅是奇葩。

咏杜鵑花

蟄居山巒漫山皆
哪個不識我野花
富貴迎來五洲譽
紫登大雅是奇葩

壬寅孟秋清品書

珍惜壮岁

蹉跎遥记十三秋，流逝青春痛白头。
浅学勤耕珍壮岁，诗魂更上一层楼。

珍惜壮嵗

蹉跎遥記十三秋，流逝青春痛白頭。
浅學勤耕珍壮嵗，詩魂更上一层楼。

壬寅孟秋清品书

韵杜鹃花

寒土沃土生姿艳，雨露滋新裙丽鲜。
不近贫君羞摆首，独惟荒野献娇颜。

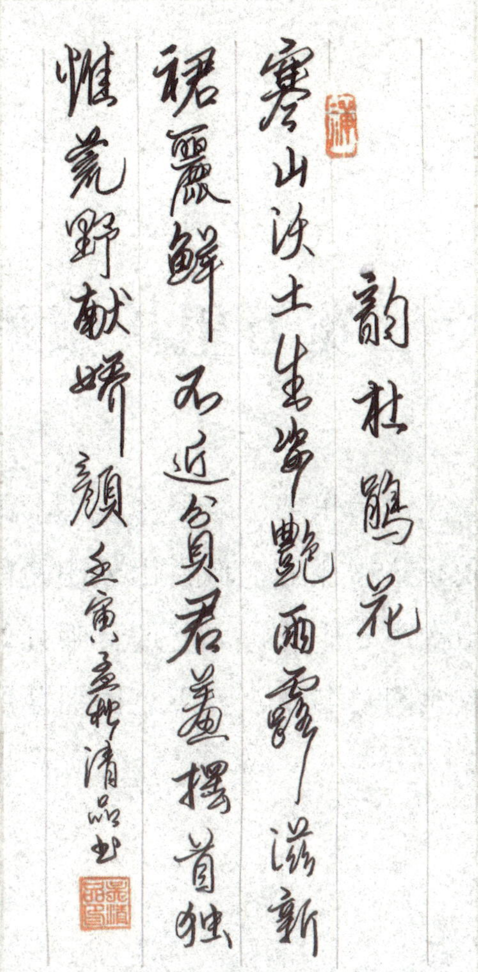
韻杜鵑花
寒山沃土生常艷
雨露滋新裙麗鮮
不近貧君羞擺首
独惟荒野獻嬌顏
壬寅孟秋清品书

冬日览万里长城赋

万里江山万里墙，雄姿激我泪盈眶。
恍凝石坠褛褴者，似目山云踉跄郎。
吏酷鞭声寒胆肺，风悲遗骨唤儿娘。
筑成血肉功名就，天下哀民哭断肠。

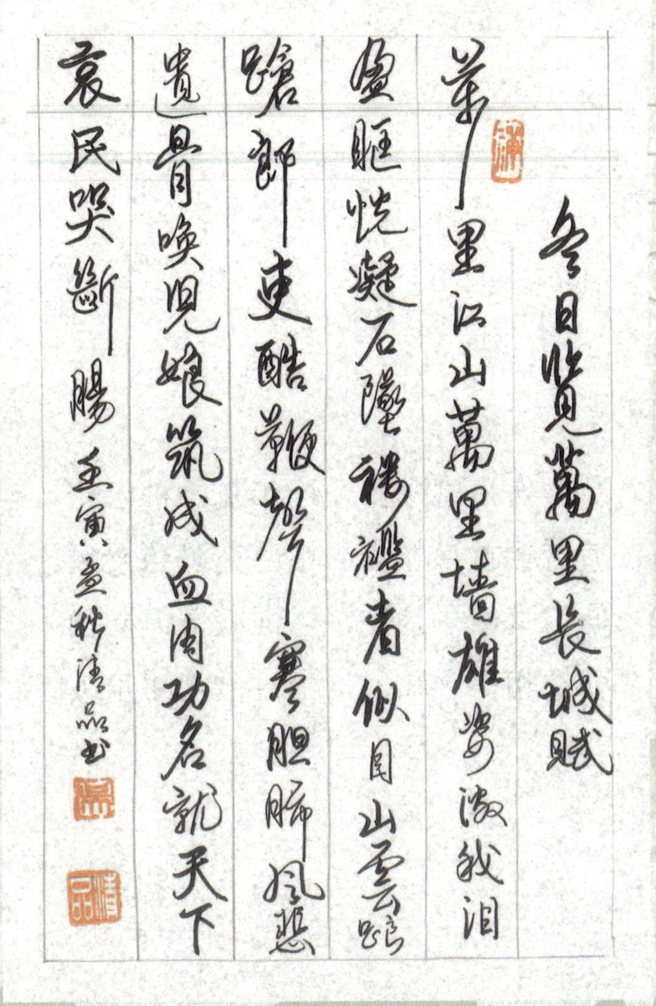

今日览万里长城赋

万里江山万里墙雄姿激秋泪

盈眶恍凝石隆禧禮者似目山云睹

跨郎吏酷鞭笞寒胆晰风悲

遗骨唤觅娘筑戌血闽功名就天下

哀民哭断肠　壬寅孟秋清晰书

咏 牛

犁力伤痕磨颈留，连年复始种宏畴。
疲劳顿首举颠步，枯草充饥刍慢喉。
何以真情拼劲使，岂惟懒惰惧鞭抽。
朝夕相伴一知己，十月糍粑缚角头。

咏牛

犁力傷痕磨頸留，連年復始種宏疇。
疲勞頓首舉顛步，枯草充飢咽慢喉。
何以真情揣動使，豈惟懶惰懼鞭抽。
朝夕相伴一知己，十月耕耙縛角秋。

壬寅年 [illegible]

求知

坐井岂知深意理，唯求广博探文空。
但怀书世哲贤教，眼界越山千万重。

求知

望井豈知深意理
唯求廣博探文雲
但懷書世指賢教
眼界越山千叠重

壬寅年孟秋清品書

割青情思①

骄阳如火烫身心，蒸来汗珠淌不赢。
青叶架背如山垛，瘦腿蹬程爆青筋。
遥路割青谁人者，终年劳苦庄稼人。
此相歧视更恨怀，情潮激涌倍思亲。

①农民割下春发的嫩树枝，运到水田中，踩入泥中沤烂当肥料。

劉青情思

驕陽如火灑身心蒸來汗珠淌不氣青葉架背如山堆疲腿蹬程爆青筋遙路／劉青誰人者終年勞苦庄緣人此於歧視更恨憫情激激涌倍思親

壬寅年 夏 吳清品書

韵金黄色名菊光辉

能屈能伸淡定胸，金花灿放善包容。
乐人欣赏献光彩，永续辉煌永向东。

韵金黄色名菊光辉
能屈能伸淡定胸金花绽放善
色赛乐人旅赏献光彩永
续辉煌彩向东

癸卯富書

赏高原之云白菊

常虐冰霜不改容，丹曦弄玉一秋丰。
云舒云卷为人秀，爱皓平生世世同。

賞高原之雲白菊

常處冰川 霜打不改寒丹 曦弄玉

一抹丰雲舒 雲卷為人秀處

皓平生書世同 癸卯孟春

辛培名卉白菊花

辛培名卉十七春，半夜三更朝日勤。
问询花夫何以养，只因崇尚雪中魂。

辛培名寺白菊花

辛培名寺十七春
半夜三更朝日勤
問詢花夫何以养
只因崇尚雪中魂

癸卯立春

韵黄河楼金色名菊①

美誉从无刻意求，天生帅气炫人眸。
重高向上织金绣，慕众呼称黄河楼。

①黄河楼是黄菊花中的名品，叠球形，花径20cm左右，丰满后，还可以向上拔高，起楼，故称。

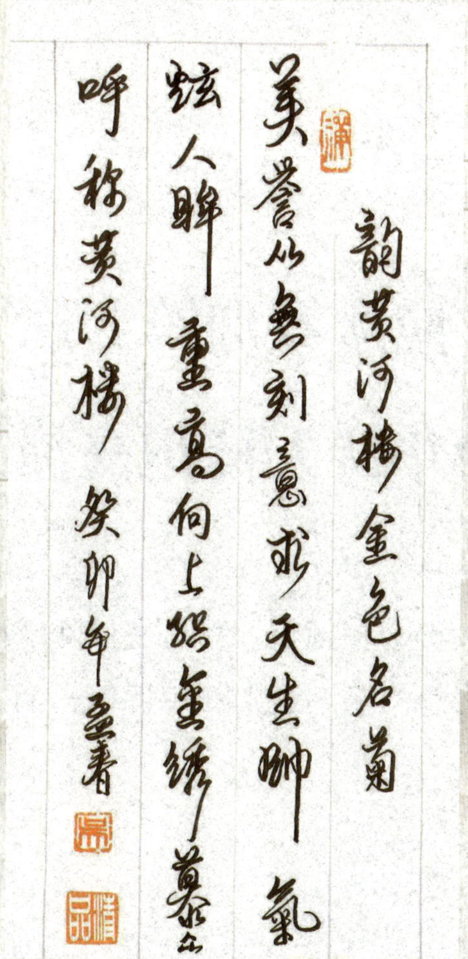
韵黄河楼
金色名菊美誉从无刻意求，天生帅气炫人眸。重高向上织金绣，莫怪众呼称黄河楼。
癸卯年孟春

应邀参加第七届
中华诗人扬州交流会

诗人盛会在扬州，兴至空前吟赋酬。
船影悠悠瞻客逝，江畔诗情古韵留。

应邀参加第七届中华诗人扬州交流会

诗人盛会在扬州
興至宴前吟
賦酬船影
悠悠瞻宽遊江畔
诗情古韵留

癸卯年 益書

咏扬州大明寺琼花

品性优良珍视藏，天姿茂盛艳无双。
谁知道士虚荣昧，欺世移名代玉芳。

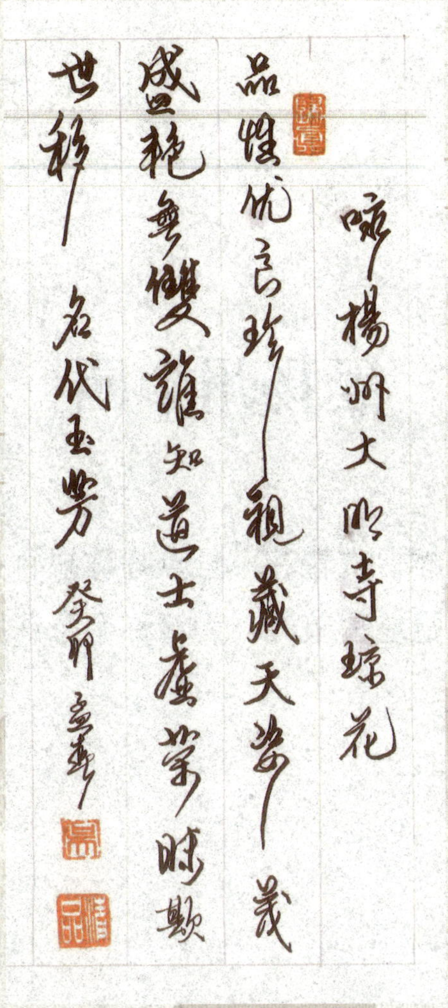
咏扬州大明寺琼花
名代玉芳
癸卯

题扬州个园

入园趣旨赏青苍，景点呼称缺竹旁。
人品岂能丢节气，为篁称个意深藏。

題揚州个園

八園趣旨賞青著景點呼稱

缺竹旁人品豈能丢節氣

為以篁稱个意深藏

癸卯春

游扬州个园抒怀

个园篁秀好端详，君气滋心片片香。
修竹重高因有节，常铭要效惠德芳。

游扬州个园抒怀

个园篁秀映端详
君气滋心脾洗香
修竹重高风有节
常铭要致惠德芳

癸卯孟春

毕节首座斜拉大桥

巨变家乡胜景连，高悬奇路又惊天。
斜拉杆叠穿云系，衢引车飞呼啸绵。
北往南来喜通阜，东驰西去畅开颜。
穷奔富有康庄道，领导核心是福源。

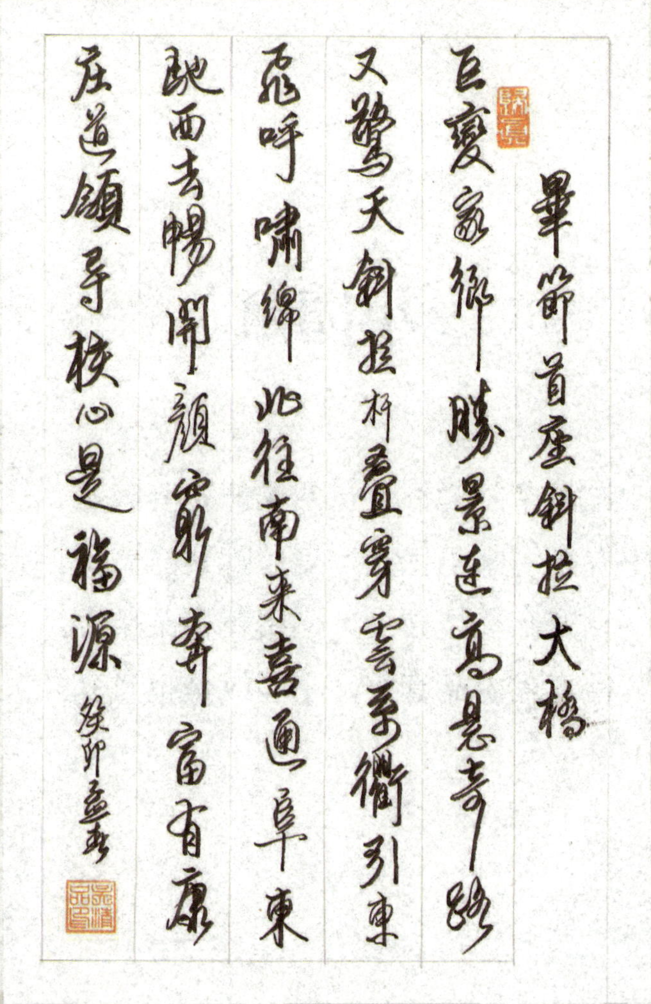
畢節首座斜拉大橋
巨變家鄉勝景連高懸寄路
又驚天斜拉杆直穿雲霧衢列車
飛呼嘯綿北往南來喜通阜東
馳西去暢開顏寵彰奔富有康
庄道領導核心是福源
癸卯孟春

小园赋

勤培窄院爱芬芳，四季鲜花阵阵苍。
春染海棠争艳笑，夏荣魏紫露羞藏。
秋迎金桂枝枝灿，冬缀黄梅朵朵香。
常弃虚容品真貌，小园纵是也风光。

小园赋

勤培庭院秀芬芳四季鲜花阵阵暮春染海棠争艳笑夏荣魏紫露骄菊藏秋迎金桂枝枝蝶冬缀黄梅朵朵香常舞虚窍品真貌小园纵是也风光

癸卯孟春

吟相聚[①]

五十华年逝水中，流连罹难每愁胸。
春光怜我众兄妹，留得银丝忆旧容。

①为毕节市镇江知青上山下乡五十周年聚会题。

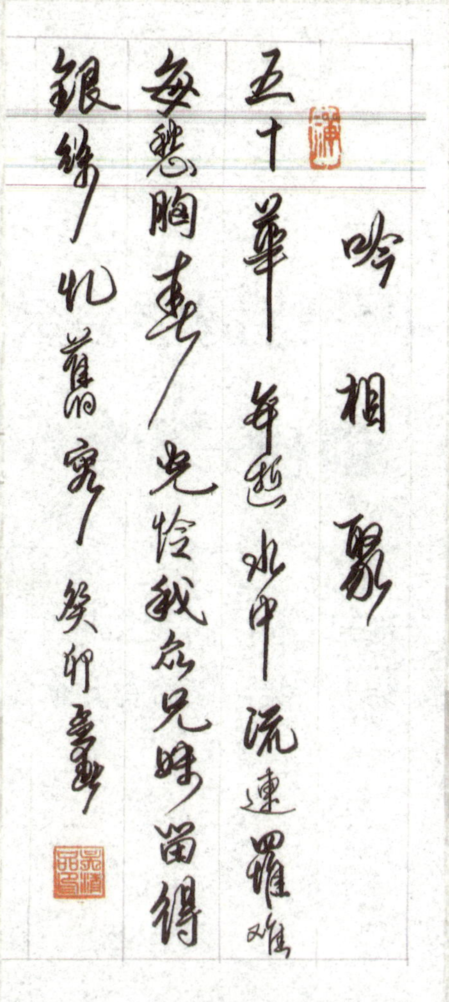
吟相聚
五十華年逝水中流連羅
每愁胸塞覓恰我兄弟留得
銀絲憶舊容
癸卯

贺中华诗词学会会刊
创刊三十年

弄韵辛耕三十秋，润来名卉四芳留。
寒梅朵朵千冬笑，瓣瓣香开献爱酬。

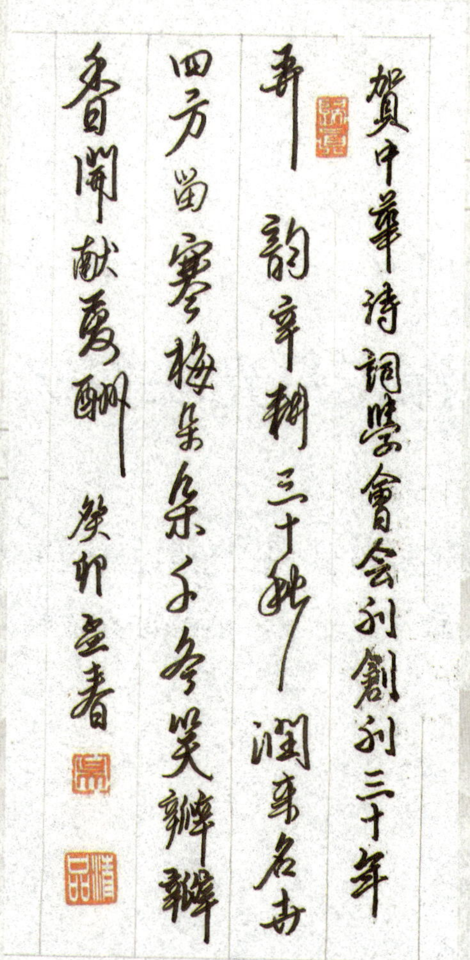
賀中華詩詞學會會刊創刊三十年
華韵章耕三十秋
潤東名苗四方留
寒梅朵朵千冬笑
瓣瓣香開獻慶酬
癸卯孟春

深夜月光映衾枕

窗外银辉照碧空，光照衾枕缀玉容。
崇高欣赏冰轮景，清融世界爱皓同。

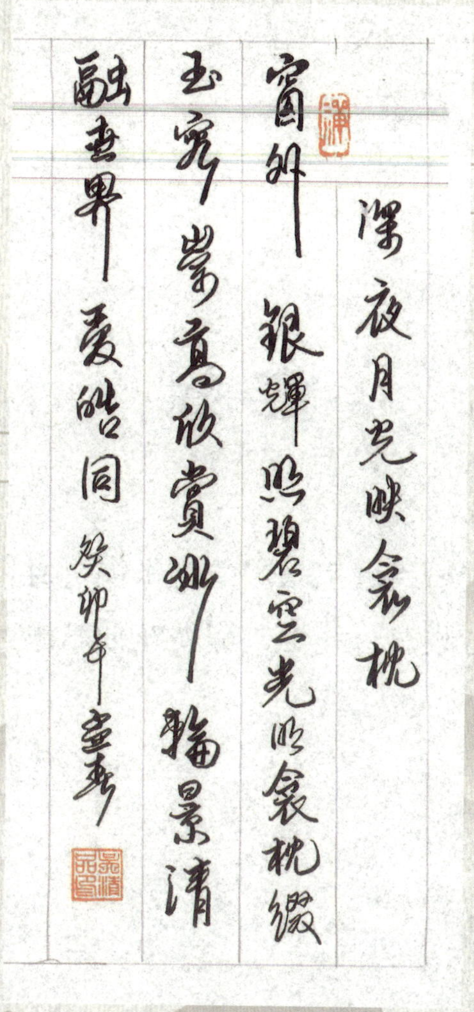
深夜月光映衾枕
窗外银辉照碧空光照衾枕缀
玉穹崇高欣赏洲轮景清
融无界
癸卯年

蜜蜂

采蜜纷飞遍宇张，危途不惧折身伤。
辛劳收获百花灿，赢得花仙献惠芳。

蜜蜂

采蜜纷飞遍宇张
危途不惧折身伤
辛劳收获百花蝶
赖得花仙献惠芳

癸卯年孟春

冰雪封山有感

冰雪茫茫遍野呈，白云高处困灾民。
军民亿万赈粮被，穷在深山有远亲。

冰雪封山有感

冰雪茫茫遍野呈白雲高處困災民軍民億萬暖粮被窮在深山有遠親

癸卯孟春

法国梧桐

几经霜虐与冰袭，身缀褛褴黄陋衣。
美至仍遭毁容貌，冬残过后再新奇。

法國梧桐

几經霜秋春與冰
襲身綴褸
襤黃陋衣美玉仍舊遺綴寒貌
冬殘過後現新青

癸卯孟春

丰都寻曾祖

三峡拦洪写巨章，一都分割两芬芳。
新颜胜景十年就，旧貌名山千世扬。
轮渡声声鸣玉宇，人流簇簇览风光。
繁荣枳县寻曾祖，坊史垂青万世香。

豐都尋曾祖

三峽攔洪寫巨章，一都分割兩爭芳。
新顏綉景十年就，舊貌名山千世揚。
鐘潑聲聲鳴玉宇，人流簇簇覽風光。
繁榮桃县尋曾祖，坊史垂青第一香。

癸卯孟春

颂最美教师张丽莉

痛舍双肢换命留，感天动地泣神州。
千千学子泪蒙面，万万平民心隐忧。
思想崇高人敬仰，行为圣德世传讴。
修身最贵言一致，救死忘生勇字酬。

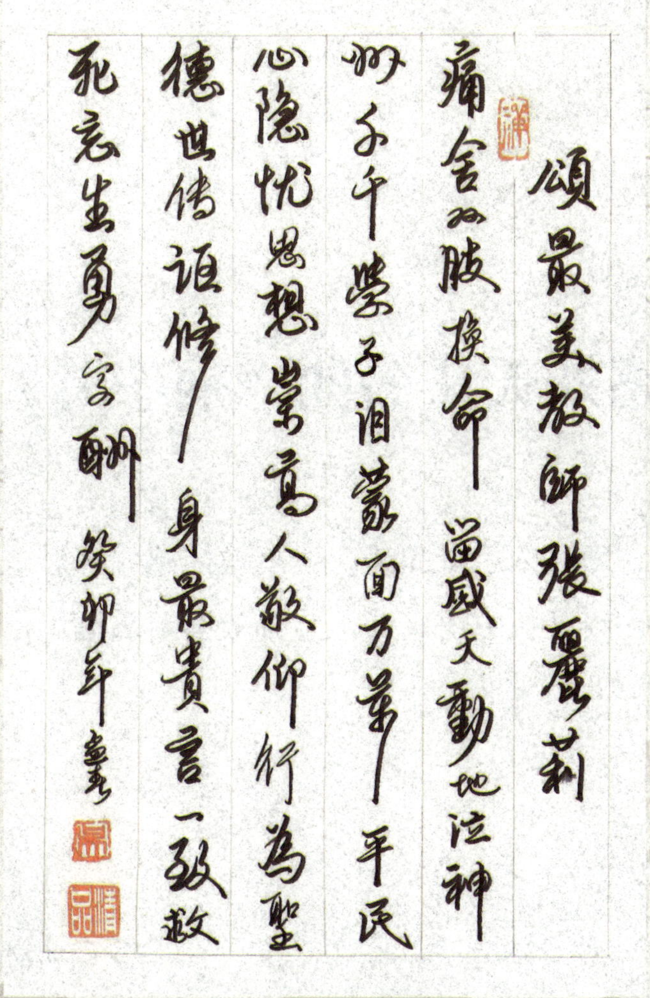
颂最美教师张丽莉
痛舍双肢换命留感天动地泣神
州千学子泪蒙面万华平民
心隐忧思想崇高人敬仰行为圣
德世传谊修身最贵言一致敬
死忘生勇字酬
癸卯年

感刘天华名曲《病中吟》

琴弦韵尽世间情，天下常闻感佩声。
倾慕从中悟真谛，弓勤效奏习哀鸣。

感劉天華名曲《病中吟》

琴弦韵尽世間情天下常聞

感佩聲傾慕从中悟真諦

方勤效奏習嘉鳴 癸卯新春

南京大屠杀祭

悲天悯地惨南京，血肉横飞寸土惊。
杀戮焚烧毁城废，奸淫掳掠任禽行。
炮袭祥舍千家毁，刀挑黎民万命倾。
骨冢哀哀号托付，强国吾梦要常铭。

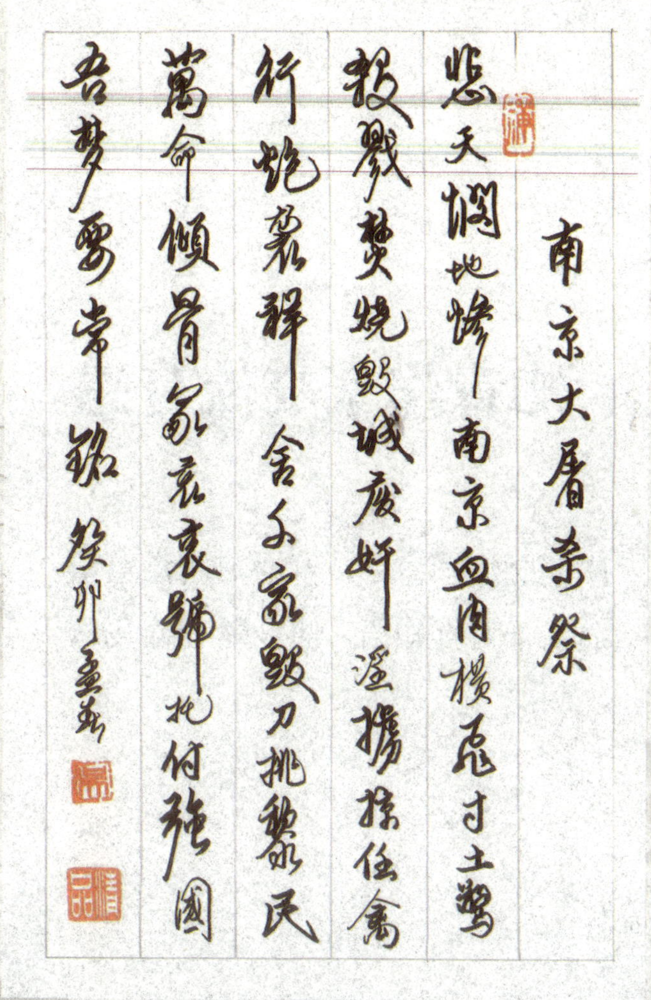
南京大屠杀祭
悲天悯地惨南京血肉横飞寸土
杀戮焚烧毁城废奸淫掳掠任禽

知青作家交流有感

广泛交流学富丰，开心启智意重重。
众亲千万真知语，惠我珍言净化胸。

知青作家交流有感

廣泛交流學富年　聞心啟智
意重重众親千萬真知語惠
我珍言淨化胸　癸卯立春

还胡琴愿

七句福道正连连，少趣重温恋旧弦。
精意朝朝弓妙曲，韵生三绝润心田。

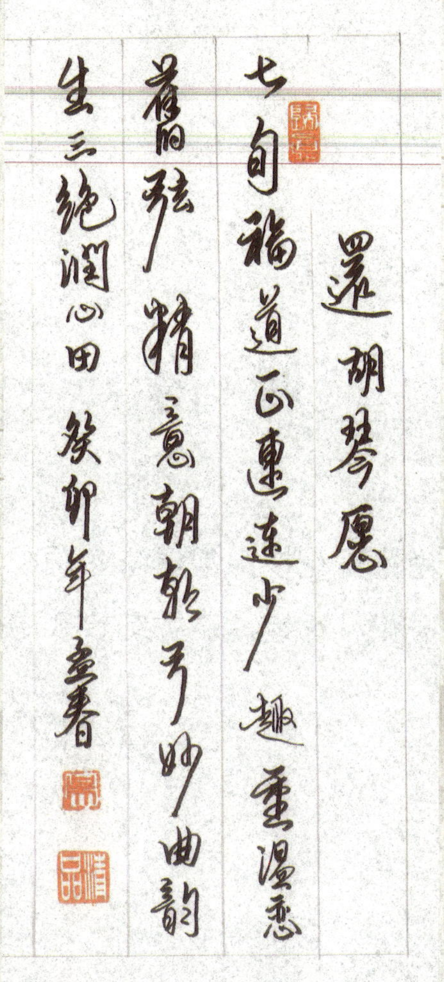
還胡琴感
七旬福道正連連步趣重溫悉
舊弦精意朝朝弄妙曲韻
生三絶潤心田 癸卯年立春

咏 梅

纵观艳艳百花枝，常惧浓冬总失迹。
但赏梅花风骨趣，花香绽放寒中奇。

咏梅

纵观艳丽百花枝，常惧浓冬总失迹。但贵梅花风骨趣，花香绽放寒中奇。

壬寅年孟夏 吴清淼书

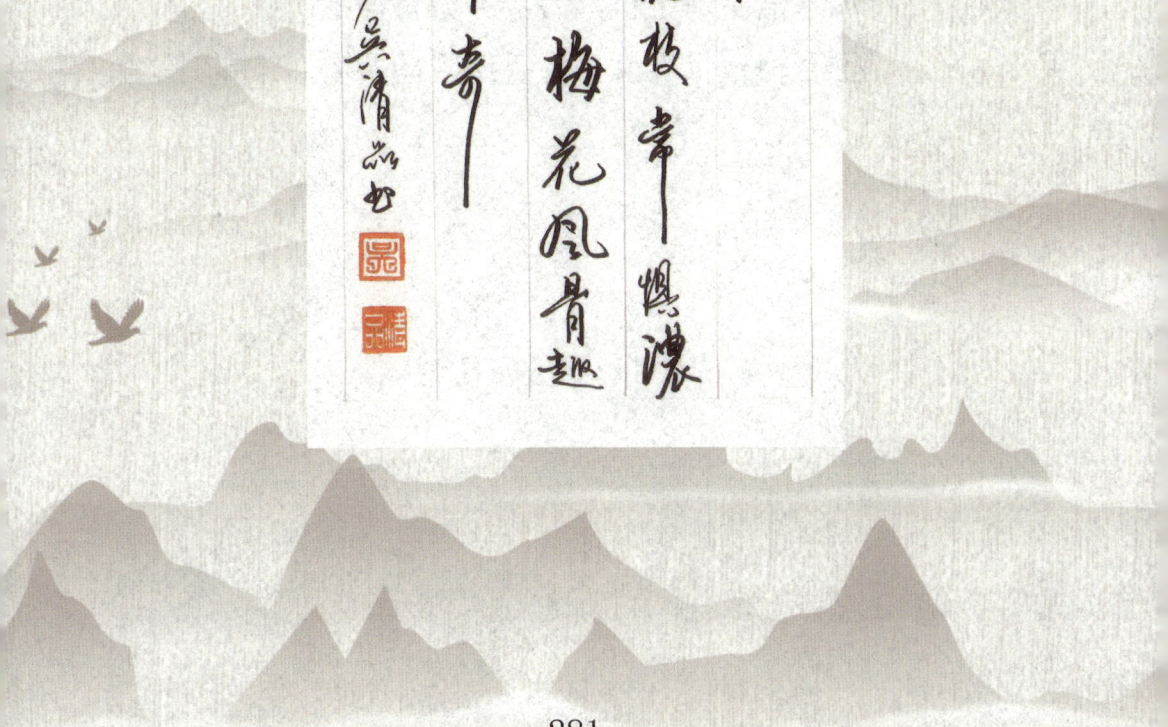

咏 梅（第二首）

冰寒浩宇逝生机，万类芬芳皆净篱。
惟吾梅花报春喜，生香缕缕韵君姿。

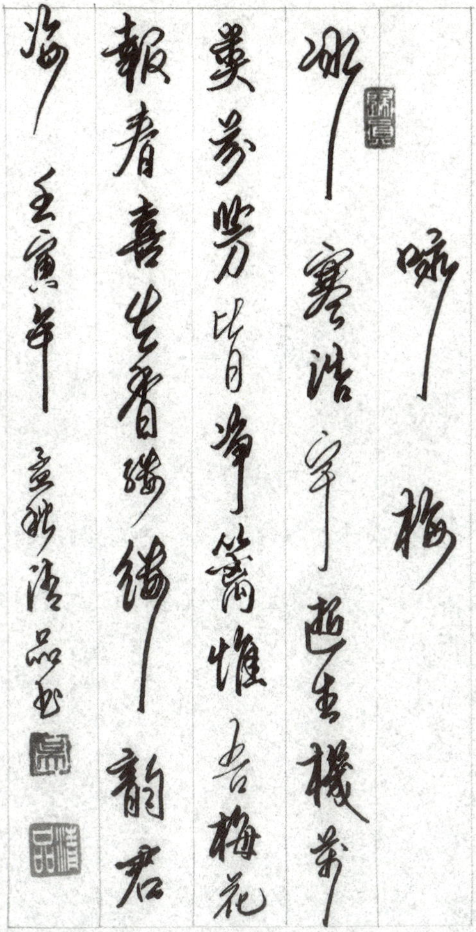
咏梅
冰寒浩宇越生機萬
美芬勞皆淨籌惟吾梅花
報春喜先香縷縷韻君
海 壬寅年 孟秋清品書

咏兰

深山修炼润俊芳，馨身奉献万家窗。
众君崇仰德高贵，好比群贤天下扬。

咏兰

深山修竹润俊劳勤奉身牵献

芽家窗久君崇仰 德高贵

好此群 贤天下扬

壬寅 吴清品撰书

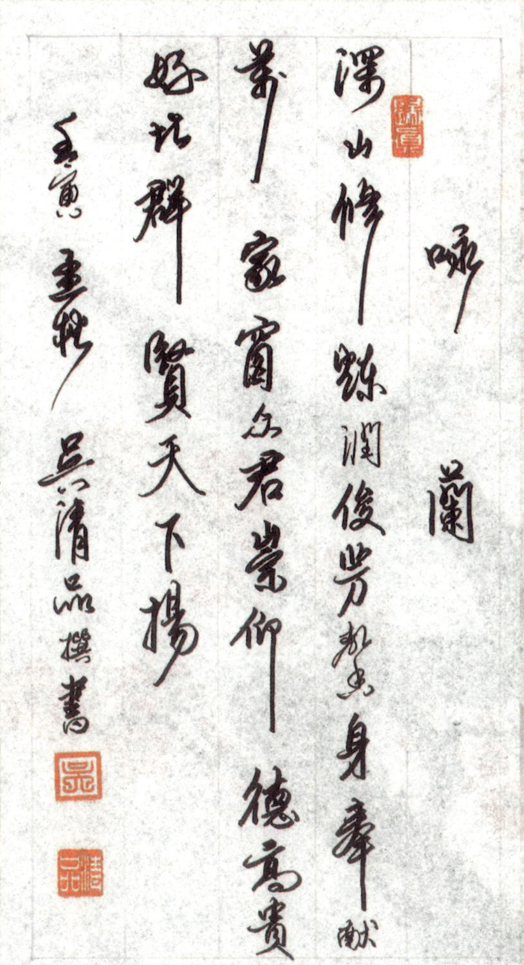

水寒诗字越生機　幾度夢考皆思雅
惟有梅花抵季喜出香陽線　韵君弘

286

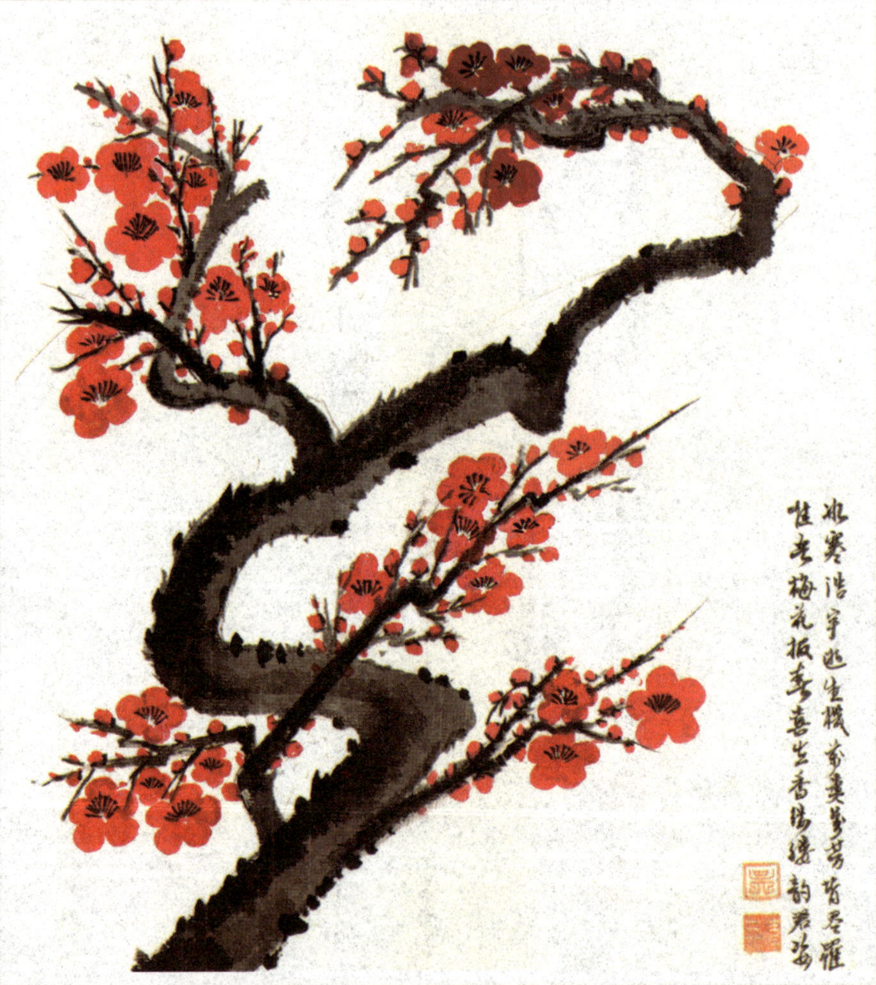